バイオハザードII
アポカリプス

キース・R・A・デカンディード
富永和子＝訳

Based on the screenplay by Paul W.S. Anderson.
Based on Capcom's bestselling video games.

角川ホラー文庫
13481

公に認めたくない理由もこめて
本書をマルコに捧《ささ》げる

目次

主な登場人物

アリス・アバーナシー……〈蜂の巣《ハイブ》〉の元セキュリティ・チーフ。T・ウイルスに汚染されたハイブから脱出後病院に収容されていた。

マット・アディソン……アンブレラ社の実態を暴こうとする活動家。アリスと二人だけハイブからの脱出に成功した。

ジル・バレンタイン……停職処分にされた元ラクーンシティの特殊部隊S.T.A.R.S.隊員。

ペイトン・ウェルズ……S.T.A.R.S.隊員。ジルの元上司。

ティモシー・ケイン……アンブレラ社のセキュリティ部門チーフ。通称〝できる《エイブル》〟ケイン。

チャールズ・アシュフォード博士……アンブレラ社でT細胞を開発した科学者。

アンジェラ（アンジー）・アシュフォード……アシュフォード博士の愛娘。

カルロス・オリベイラ……アンブレラ社セキュリティ部門のコマンド・チーム隊長。

ネメシス……アンブレラ社が造りあげた人間兵器。

テリ・モラレス……テレビ局〈ラクーン7〉の天気予報レポーター。

L・J・ウェイン……お調子ものの街のチンピラ。

第一章　死の街

1

ティモシー・ケインは、戯言《ざれごと》をいっさい受けつけない男だった。

まだベルリンが高い壁で分けられていた時代、彼はべつの名前であの街に生まれた。四人の子供の三番目、おまけに末男だったため、そもそも生まれたときから疎まれるという不運を背負っていた。一六のときに母親が死ぬと間もなく、父は一家揃ってアメリカ合衆国に移民する手段をどうにか確保した。そしてアメリカに到着した日、一家の姓をケインにする――これはもとの姓の英語読みだった――と宣言し、子供たち全員に新しい名前をつけた。そこで四人はマイケル、アンソニー、ティモシー、メアリーになった。そのほうがアメリカ人の名前らしく聞こえる、父はそう言った。

彼らは古い名前を口にするたびに、それをやめるまで父に叩《たた》かれた。四人ともバカではなかったから、すぐにひとり残らず新しい名前になじんだ。

新しい故郷に感謝を表わすため、ティモシーは一八歳の誕生日に入隊した。その後まもなく、彼は湾岸戦争で戦うために海外に送られた。父はこれを喜んだ。ティモシーより三つ年上のマイケルは、シカゴに行き、警官になった。サンフランシスコに行ったアンソニーからは、音信が途絶えた。末っ子のメアリーは、女性も軍人や警官になれないわけではなかったが、その気持ちがなく、ビジネスの世界でキャリアウーマンになる道を選んだ。

ティモシー・ケインは、中東の砂漠で初めて、水を得た魚のように溌剌《はつらつ》とした。昔から学校の成績は常に優秀だったが、そのほとんどが機械的な暗記のおかげ。のみこみは早いものの、勉強には大して熱中できなかった。ドイツ語の訛《なま》りが強いことを友だちに絶えずからかわれるせいで、学ぶ楽しさを味わうどころか、この国で学校に通った二年間は彼にとっては地獄だったのである。

だが、戦うのは楽しかった。とくに、アメリカ合衆国の敵を相手に戦うのは。それに砂漠では、彼の訛りなど誰ひとり気に留めなかった。たまにからかう愚か者もいたが、一度でもティモシー・ケインが戦うのを見たあとは、そういう不心得者もみな口をつぐんだ。

彼はめざましい働きであっという間に名をあげ、わずか二、三週間後には、すでに仲間を率いていた。彼の部下は、どこへ行くにも彼のあとに従った。彼には自然に備わったカリスマと、戦術的素質と、サダム・フセインの歩兵たちを殺す、とくべつ優れた能力があったからだ。

兵隊は明らかなあだ名をつけるのが好きだ。ご多分にもれず彼もあだ名をつけられ、まもなく、〝できる《エイブル》〟ケインと呼ばれるようになった。いかに難しい任務であろうと、いかにバカげた作戦であろうと、何を果たす必要があろうと、ティモシー・ケイン軍曹に任せれば、彼は首尾よくやり遂げた。

ケインは砂漠で多くのことを学んだが、とりわけ彼が肝に銘じたのは、小さい頃から父に教えられたようには、人の命は貴重なものでも神聖なものでもない、という事実だった。人命は、実際、驚くほど安かった。

人命が父の言うほど輝かしく素晴らしい、尊ぶべきものであれば、それを奪うのがこれほどたやすいはずはない。

人命が大いなる贈り物だとしたら、片手でそれを奪うことなどできるはずがない。だが、ペルシャ湾では、彼はしょっちゅうそうしていた。

外地勤務が終わると、彼は将校になるために士官候補生の学校に入った。

それから何年か将校として過ごしたあと、彼はもうひとつの重要な真実に気づいた。軍人以外の生き方もある、と。

この真実は、彼がずば抜けて秀でている砂漠の匍匐《ほふく》前進から、あるいは敵を吹っ飛ばすことから学んだわけではない。この真実は、アンブレラ・コーポレーションで働いているスーツを着た紳士たちがもたらしたのだ。彼らはティモシーに、この会社のセキュリティ部門を任せたいと申しでた。エイブル・ケインはそれまで国のために働いてきた。ある意味では、アンブレラ社に移ってもまだそうすることになる。アンブレラ社は政府に多くの連絡員を持っており、あらゆる場所にいるアメリカ人にサービスを提供しているからだ。

軍隊にいたときとの主な違いは、彼の働きに対し、驚くほど高額の報酬が支払われることだった。

すでに少佐となっていたケインは、引き続き少佐と呼ばれることを条件に、アンブレラ社の申し出を快諾した。おかげで父親のためにフロリダに家を買うことができた。仕事中に撃たれたあと、長兄のマイケルが机仕事に回されてじわじわと正気を失いかけていると、彼は兄をシカゴ支社のセキュリティ・チーフにすえた。また次兄のアンソニーがバークレーのクラック密売所にいることを突き止め、金を払って兄の中毒を治した（その後、アンソニーがゴールデン・ゲート・ブリッジから身を投げたのは、ティモシー・ケインのせいとは言えないだろう）。

妹のメアリーが夫の浮気を知ると、ティモシーは妹のために離婚弁護士を雇った。それから、離婚が決定し、メアリーがこのクソったれから何もかも巻きあげたほかにもいくらか手に入れたあと、ケインは元夫の居所――インディアナ州サウス・ベンドにある、みすぼらしいワンルーム・アパート——を突き止め、彼の頭に一発ぶちこんだ。

人命を奪うのは、結局のところ、きわめて簡単なことだ。とはいえ、そのまえに破滅させてやるほうが、はるかに深い満足感を得られる。

いま、ケインはマンションの外に立っていた。ラクーンシティの街境からは約二マイル、フォックスウッド・ハイツに近いこのマンションは、実際にはアメリカの小都市の郊外にあるのに、ケインが大嫌いな、お高くとまったイギリス映画から抜けだしてきたような建物だ。

これはまた、アンブレラ・コーポレーションの所有する建物で、〈蜂の巣《ハイブ》〉に入る主要な入口として使われている。

五〇〇人の社員が生活し、働くハイブは、広大な地下複合組織だ。会社の機密に関わる仕事は、すべてここで行なわれる。

ハイブの存在自体は、決して秘密ではない。だいたい、五〇〇人の従業員を完全に隔離するのは不可能だ。しかもその多くが、各々の分野で指折りの優秀な人々とあっては、彼らが姿を消したことに誰も気づかないなどということはまずありえない。だが、その存在は広く宣伝されているわけでもなかった。アンブレラ社の本社は、ラクーンシティのダウンタウンにある。あらゆる人々に見えるこの本社は、アメリカの最も優れたコンピュータ・テクノロジー、医療・健康関連商品およびそのアフターケアを扱う大企業の表向きの

〝顔〟である。

不幸にして、そのハイブで、何か途方もなく恐ろしいことが起こった。そのために、この施設を制御している最新鋭人工頭脳――赤の女王《レッド・クイーン》――が停止し、あらかじめ組みこまれていた保安装置が起動された。その後まもなく、ハイブは封鎖された。ケインは最初に問題が生じた時点で、最も有能な部下――ワンというコード名で呼ばれる、特殊部隊S.T.A.R.S.の隊長――が率いるチームを、ハイブに送りこんだ。

だが、ハイブを封鎖するという非常手段が実行されたところを見ると、どうやらこのチームは任務に失敗したようだ。彼らは動けなくなるか、殺されたと考えるべきだろう。

ケインはワンのチームの応援に、医者やセキュリティ要員をマンションの外に集めていた。赤の女王が使ったとおぼしきプロトコルからすると、この危機は医学的性質のものにちがいない。赤の女王は感染の拡大を防ぐため、ハイブにいる人々を隔離する必要があると判断したのだろう。そこで彼は応援チームに全員ハズマットの防護服をつけさせ、台車付担架と診断機器を用意し、マンションの入口とヘリコプターを臍《へそ》の緒のような無菌リンクでつないだ。救出できた者がいれば、彼らをヘリでラクーンシティの本社に運ぶためだ。

マンション内には監視用のカメラがくまなく配置されている。その映像を自分のデータベースで見ながら、ケインと彼のチームは誰かがハイブから出てくるのを待った。

出てきたのは、ふたりだけだった。最初のひとりはハイブのセキュリティ・チーフ、アリス・アバーナシー、ケインの最も信頼する部下のひとりだ。もうひとりは、ケインの知らない男だった。ワンと彼が率いる六人は、まったく姿を現わさない。

これはまずい展開だった。ケインの右腕であるワンはもちろんのこと、彼が率いている のは、えりすぐりの隊員ばかりなのだ。バート・カプラン、レイン・メレンデス、J・D、ホーキンス、ヴァンス・ドリュー、アルフォンソ・ワーナー……このチームに同行したアルガ・ダニロヴァも、きわめて有能な医者だ。その彼らが全員死んだとすると……。

とはいえ、ケインはまったく不安を感じなかった。彼は軍隊に入ってから不安を感じたことはない。たしかに、一〇代のときには絶えず不安を感じていた。吹き出物や訛りに苦しみ、女の子のそばでは満足に口もきけなかった。だが、砂漠に到着したときから、彼には何ひとつ恐れることはなくなった。

大きな秘密を知ったからだ。

人の命など、取るに足りないことを。

ケインのスクリーンでは、アバーナシーとその男がマンションの正面入口のすぐそばまでたどり着いた。

男の肩には傷が三つあった。大きな鉤爪《かぎづめ》でえぐられたように見える。

それを見たとたん、何があったかケインは即座に悟った。誰かが――おそらくあのクソったれコンピューターが――〈舐めるもの《リッカー》〉を外に出したのだ。

まさしくこれは、途方もない惨事になりそうだ。

アバーナシーがつまずいて床に倒れ、持っていた金属の箱を落とした。ケガをした男がそのそばに膝《ひざ》をつく。アバーナシーは泣いていた。

泣いている？　アバーナシーのようなプロが泣くとは、一体地下で何が起こったのか？

監視カメラは音声も拾う。ケインは音量をあげた。パーソナル・データベースのちっぽけなスピーカーから、アバーナシーの声がかすかに聞こえた。『救えなかったわ。ひとりも……救えなかった』

ケインは首を振った。どうやら全員が死んだようだ。

セキュリティのひとりが尋ねた。「なかに入りますか、少佐？」

ケインは片手を上げて制した。「いや、もう少し待て」

『なあ』ケガをした男が言う。『君にできることは何ひとつなかった。これは会社の責任だ。君のせいじゃない』彼はアバーナシーが落とした箱を指さした。『それに、俺たちはついに証拠を手に入れたんだ。つまり、アンブレラ社はもう――』

男は痛みに顔をしかめ、言葉を切った。

ケインはニヤッと笑った。どうやらこの男は〝殉教者〟のようだ。あんな男がいったいどうしてハイブに潜入できたのか、それを心配するのはあとのことだ。どうやらこの男は、自分の肩の傷が実際には何を意味するか、まもなく気づくところらしい。

愚か者は言葉を続けた。『――逃げられない。俺たちは――』

またしても、彼は言葉を切った。

『どうしたの？』アバーナシーが尋ねた。

男は悲鳴をあげ、仰向《あおむ》けに倒れた。

『感染したのね。でも、大丈夫――私がなんとかするわ』

メロドラマはもう充分だ。

「よし、行け」

セキュリティの男がふたり、ドアを開け、なかに入った。

突然玄関に射しこんだまばゆい光に、アバーナシーは目をかばった。「何？　どうしたの？」

ひとりが彼女に手を伸ばす。もうひとりは医者と一緒に、床で体を痙攣《けいれん》させている愚かな殉教者のそばに膝をつく。

「やめて！」アバーナシーはわめいた。

ケインは彼女が適所に二、三発パンチを繰りだし、隊員を倒すのを見てため息をついた。

地下で何かが起こったのは明らかだ。それも彼女の性格がすっかり変わるようなことが。

だが、それは彼女の強さにはまったく影響していないようだ。アバーナシーはまだめちゃくちゃ強い。

仲間がケガをした男を担架のひとつに乗せているあいだに、新たに三人の隊員がアバーナシーをつかもうとした。が、彼女はわずか五秒で彼らを〝おとなしく〟させてしまった。

くそ、なんて強い女だ。

「マット！」

するとあの男はマットか。ケインには、その〝マット〟の傷口から、触覚が伸びるのが見えた。

あきらかに〈舐《な》めるもの〉だ。あんがいこの男は、ちょうど彼らが求めていた〝サンプル〟になるかもしれない。

「その男は突然変異を起こしている。ネメシス・プログラムに入れるぞ」ケインは言った。

この惨事から、多少とも〝何か〟を回収できそうだと思うと、ケインの気持ちは少し楽になった。

本来、片付けるべき時間の倍もかかったが、鎮静剤を満たした注射器の助けを借り、セキュリティの男たちはようやくアバーナシーを静かにさせた。彼女はマットの名前を呼びつづけていた。

彼はアバーナシーが持っていた箱を確認した。それにはT《タイラント》・ウイルスとそのワクチン計十四個の容器が入る。だが、そのうちいくつかがなくなっていた。これはかなりまずい事態だ。

「彼女を隔離し、二四時間監視をつけろ。完全な血液検査を行なうんだ。感染しているかどうか、みるとしよう。ラクーンシティの施設に運べ。待機中のチームを急いで準備させろ。ハイブを開ける。下で何が起こっているか知りたい」

医者のひとり、ケインが名前を知る手間をかける気にもなれない、ろくでなしの屑《くず》が言った。「しかし、少佐、地下がどんな事態か我々にはまったく——」

ごたくを聞いている暇はなかった。情報が必要だ。それを手に入れるには、ハイブに入るしかない。「いいから、急げ」

アバーナシーと〝マット〟は、ヘリコプターに乗せられた。待機していたセキュリティ・チームの隊長で元海兵隊員のワードが、準備をはじめる。

「いつでもオーケーです、少佐」ワードはふてくされたような声で言った。

「どうかしたのか？」

「俺は今日、ここにいるはずじゃなかったんですよ」ワードの顔はハズマット・スーツの遮光プレートに隠れて見えない。だが、ケインは彼の声に苦笑いを聞きとった。

「そいつは気の毒だったな。ワンが下のどこかにいる。彼に何が起こったか、それを突き止めてくれ」

「お言葉を返すようですが、少佐——ワンが倒されるような相手では、われわれが太刀打ちできるチャンスは、これっぽっちもありませんよ。入ります」彼は早口で付け加えた。

この最後の言葉に、ケインは口まで出かかった叱責《しっせき》を呑《の》みこんだ。まあ、ワードはときどき愚痴っぽくなる。だが、仕事はきちんとやる男だ。

MP5Kで武装し、ハズマット・スーツに身を固めた七人の男女は、適度に間を詰め、天井の高いロビーを進んでいった。誰が誰だか見分けはつかないが、ひとりだけ——おそらくシュレジンガーだろう、あの男はいつも遅い——ほかの六人より半歩遅れていく。ケインはしんがりについた。

応接室にある床から天井までの巨大な鏡の前に到着すると、ワードはもうひとりの部下に合図した。このチームの技術屋《テク・ヘッド》であるオズボーンだ。彼女だけは、ハズマット・スーツのベルトにつけた無菌バッグで他の連中と区別がつく。オズボーンはふたつの丸いスイッチでパネルを開き、ソケットをあらわにした。つづいてポーチに手を突っこみ、プラグをひとつ取りだすと、コンセントに差しこんだ。

鏡が滑るように開く。その向こうにコンクリートの階段が見えた。オズボーンはミニコンピューターを取りだし、手袋をした手でキーボードを打ちはじめた。「隊長、赤の女王にアクセスできません。普通なら、これでハードウェアに入りこめるんですが」

「もう一度やってみろ」ワードが促す。

オズボーンはさらにキーを叩《たた》いた。「まったく応答がありません、隊長」彼女は顔を上げた。遮光ヴァイザーが、ワードのまったく同じ黒い顔面プレートを見つめる。「こういうことが起こるのは、あのコンピューターの回路が完全に焼けた場合だけです」

「ワンのチームは女王を停止させ、メモリを除去しただけだ」

「彼らはそれ以上のことをしたにちがいありません。それだけなら、少なくとも限られたモードで赤の女王を再起動できるはずです。でも、まったく反応しません。女王は死んでいます」

ケインは歯軋《はぎし》りした。間違いなく途方もない大惨事だ。

ケインがうなずくのを見て、ワードはチームに階段を下りろと合図した。その先は分厚い防弾扉で塞《ふさ》がれていた。

この扉が下りているのは、非常事態が発生した証拠だ。

だが、その非常事態はこれから解除される。

「開けろ」

ワードは了解し、オズボーンに向かってうなずいた。オズボーンがミニコンピューターにべつの指示を打ちこむ。

一秒後、防弾扉が開いた。

ワードとシュレジンガーが先頭に立ち、MP5Kを構えてなかに入る。チームの残りがそのあとに従う。オズボーンとケインはしんがりについた。

二秒後、悲鳴が聞こえた。

その悲鳴のあと、足音がした。

ケインは最初、それが足音だとは思わなかった。きわめてリズミカルなため、ハイブにある機器の音だと思ったのだ。だが、違う。これはゆっくり、注意深く歩く足音だ。

オズボーンがポーチから懐中電灯を取りだした。彼女がそれで前方を照らすのとほぼ同時に、前方で銃声が轟《とどろ》いた。

ワードが大勢の人々に向かって撃っていた。彼の隣にいたシュレジンガーが倒れている。ハズマットのフードが外れ、喉《のど》の肉がえぐられていた。

いつものように、シュレジンガーは遅れたのだ。

ワードは撃ちつづけていたが、人々の波は止まらない。無限に湧いてくるようだった。

「一体全体、あれはなんなの？」オズボーンが叫んだ。

ケインは黙って彼らを見つめた。ひとり残らず黒っぽいスーツか、白い作業着の上に白衣を重ねている。どの服もひどく汚れているとはいえ、アンブレラ社の厳格な規定に従った服装であることはまだわかる。

オズボーンが尋ねたのは、そのことではなかった。違う。彼女が言ったのは、彼らの顔のことだ。

うつろで無表情な顔。

ひどいものは、どこかが欠けている。

ひとりは首が到底不可能な角度に曲がっている。

喉がほとんどなくなり、むきだしの筋だけでかろうじて頭が胴体に留《とど》まっている者もいる。

両眼がない者。

頬がない者。

そのほとんどが体のどこかに傷があった。歯の跡がくっきり残っている者もいれば、弾丸の穴がある者もいる。

ハイブに住み、そこで働いていた四九二人の従業員は、全員死亡した。

そして死後もハイブをうろついているという事実からすると、彼らの死因はT・ウイルスだ。

アンブレラ社が抱えている科学者のなかでもとりわけ優秀な者たちは、T・ウイルスが空気中に漏れた場合、まさにこうなると予言していた。アークレー山脈の森のなかで行なわれた実験の後はとくに。アンブレラ社は、八方手を回してあの特別ひどい悪夢が公になるのを防ぎ、このプロジェクトをハイブに移した。万一厄介なことが起こった場合、封じこめるためだ。ここなら、それが可能だった。

少なくとも、理論的には。

ワードとクラークが圧倒的多数の死に拒まれた者《アンデッド》たちにやられるのを見ても、ケインはまだ、どんなふうにこれが起こったのかを考えていた。どこかのクソったれが、T・ウイルスとワクチンを盗もうと決めた、これがいちばんありそうな筋書きだ。アバーナシーと友人のマットだろうか？　いまの時点では、この疑問の答えを確実に知るのは不可能だ。

隊員たちは撃ち続けていたが、最初に撃たれた連中が起き上がりはじめていた。そのひとりがシャノンに飛びつき、ハズマット・スーツの上から左腕に噛《か》みつく。パニックに陥ったヘドルが、シャノンともどもその男を撃った。ふたりとも倒れたが、腕に噛みついた死者は、すぐさま跳ね起きてヘドルに飛びついた。白衣を着た褐色の髪の女性も彼に飛びつく。

オズボーンはベレッタを引き抜き、連射しながら死者のなかに駆けこんだ。

時間の無駄だ。

ケインは踵《きびす》を返し、階段を上がった。彼がここを脱出する時間は、ワードのチームが稼いでくれる。

アバーナシーは日和見《ひよりみ》主義者には見えなかったが、ひょっとすると誰かが彼女に、抵抗できない条件を申しでたのかもしれない。T・ウイルスを手に入れたがっている人々は、驚くほど多い。

ワードのチームが悲鳴をあげ、ひとりひとり倒れていく……ペレラ、カシン、最後にオズボーンが……。

だが、彼らは目的を果たしてくれた。ケインはハイブに何が起こったか突き止めた。肝心なのはそれだけだ。

結局のところ、人の命はきわめて安い。

2

エアコンはまだ使えなかった。

〈ラクーン7〉のニュース・ディレクター、ランドル・コールマンは舌打ちした。急いで直してくれとあれだけ頼んだのに。たしかに、いまはもう秋だが、この調整室にある電子機器は、ひとつ残らず熱くなってはまずいものばかりだ。

しかし、先週エアコンが壊れたとき、管理の連中はすでに秋だということもあって、その修理を優先しなかった。

それから熱波が街を襲った。

日中は三〇度以上になるのに、太陽が沈んだとたん一〇度台にさがる。この異常気象のせいで、スタッフの半分は病欠だった。

とはいえ、なんとかやりくりするしかない。ランドルのアシスタント、ローレン・ビルズは、調整室のところどころに扇風機を配置した。それがうだるような空気を動かしつづけているおかげで、少なくとも機器の一部は正常に機能しつづけてくれそうだ。

さいわいなことに、ここの機器は上等なものばかりだ。近頃は、独立局とは名ばかりで、提携を結んだネットワークに予算も機器もすべておんぶしている放送局が多いが、〈ラクーン7〉は違う。〈チャンネル9〉のお高くとまったむかつく連中は、UPNの提携局というだけで、鼻高々だが、あんなものは、コストとスタッフを削減し、標準以下の機器で間に合わせる口実に使われているだけだ。

しかしこの7チャンネルは、ラクーンシティ一の視聴率を誇っている。しかも、六大ネットワークのどれとも提携していない。ここは正真正銘の独立局なのだ。

ランドルは、その点が気に入っていた。

〈ラクーン7〉で朝のニュースのディレクターをするのは、ランドルにとっては次のステップへの足がかりにすぎないが、これは重要な足がかりだった。この局の質の高さは折り紙付き。〈ラクーン7〉はこの国屈指の独立局として、すぐれた技術者を育てることで知られている。ランドルはここで、監督と製作の腕をぞんぶんに磨くことができる。

そしてやがてはネットワークの仕事にありつき、最後はフリーランスになって、実際のテレビシリーズや、ひょっとすると映画の監督さえできるかもしれない。

まあ、いまの仕事は、基本的には番組がスムーズに流れるよう指示をだすこと。1カメをシェリー・マンスフィールドに、2カメをビル・ワトキンスに、3カメをツーショットに、4カメをあちこち移動させる、といった具合だ。だが、いつかチャンスが訪れ、連続ホームコメディか、警官物のひとつを監督できるかもしれない。

ランドルは警官物が大好きだった。

そしてチャンスが巡ってくれば、いつかは映画の仕事がしたいものだ。そうなれば、ついに自分の最高傑作を映画化できる日がくる。

いまの時点では誰ひとり、彼の素晴らしいシナリオ『ドラゴンの鱗《うろこ》』を読んでくれるものはいない。いまの彼は名もない男、小さな街の独立局でニュース番組を担当している一介のディレクターにすぎないからだ。

だが、ランドルは忍耐強い男だった。まもなく彼は、出世の階段を一段ずつ上がっていく。まもなく自分で企画をたてられるようになる。そうすれば、『ドラゴンの鱗』を製作できる。

おふくろがなんと言おうとも、だ。

4カメは、天気予報を告げるテリ・モラレスを捉《とら》えていた。

テリは独特の人の心を和ませる笑顔を浮かべていた。あの笑顔はカメラ映りが抜群にいい。まあ、アンカーの後ろに見える街の風景も素晴らしくきれいに映るが、あれは真っ赤な偽物だ。

ランドルのモニターの横にあるスピーカーから、テリの爽《さわ》やかな声が流れてきた。

〝前例のないほどひどい熱波が引き続き居座り、まだ午前六時一〇分だというのに、すでに気温は三三度に上がっています〟

調整室の気温は四〇度近いな。ランドルは額の汗を拭《ふ》きながらそう思った。

「どうしてみんな、いつも〝午前〟という言葉をつけるんですかね？」

ランドルはアシスタントを見た。「ローレン、いまは冗談を言う気分じゃないんだ」

「いや、まじめな話ですよ。つまり、どうしてわざわざ入れる必要があるんです？　一見かっちり聞こえる、って以外に、何かの効用があるんですかね？」

〝晴天、湿度は低く、穏やかな西風が吹いています。それに、これはあなただけの特別なボーナスですが、花粉の量はたったゼロコンマ七しかありません〟

「僕らだけ……」ローレンが揚げ足をとった。「ふん、まるで運命の神様が集まって、〝おい、テリ・モラレスを見てる連中のために、花粉の量を減らしてやろうぜ〟と言ったみたいに」

「ローレン、ぶつぶつ言ってないで、3カメを用意してくれ」

〝そのとおり――〇・七！　この季節では記録的に低い値です。花粉症と喘息《ぜんそく》の人々にはうれしい知らせですね。どうやら今日も素晴らしい一日になりそうです〟

ローレンは首を横に振った。「今朝はまた、一段と元気だ」

「ああ、天気予報はエミー賞の対象にならないのが残念だな。3カメに行ってくれ」

ローレンはアンカー・デスクにいるふたりに切り替えながら尋ねた。「ねえ、そのうちテリはアンカーに戻れますかね？　当たりが柔らかいことはたしかですからね」

ランドルは笑った。「私の一生のあいだには無理だろうな」

シェリーとビルが番組のまとめにかかる。

〝このままでお待ちください。コマーシャルのあと、人気のある行楽地をご紹介します〟

「三秒でコマーシャル……二……一……アウト」

「六〇秒後に再開」ローレンが付け加えた。

ランドルが〝アウト〟と言ったとたん、4カメのテリ・モラレスの顔が、元気いっぱいの笑顔から、苛々《いらいら》したしかめ面に変わった。

〝だれか私が吐くまえに、カプチーノを持ってきて！〟

制作担当のアシスタントがあわてて立ち上がる。テリはカプチーノを待たずにポケットから錠剤の箱を取りだした。あれには覚醒《かくせい》剤、鎮静剤、緩和剤など、分別のある正気の人間なら、決して同時に飲むことはないあらゆる薬が詰まっているのだ。

だが、テリ・モラレスは、分別のある正気の人間だと〝非難〟されたことは一度もなかった。

そういう人間なら、べつの情報源から確認がとれるまでは放送するなと釘を刺されたにもかかわらず、市議会議員が賄賂《わいろ》をもらっているところを映したビデオテープを、番組で流すようなことはしない。だが、彼女は裏付けが取れたと主張してそれを流した。あとになって、その嘘がばれたあげく、ビデオテープもでっち上げたものだと判明した。そのため、ミラー議員の堕落した悪党ぶりをすっぱ抜いて彼を糾弾する代わりに、テレビのニュース番組はまったく信頼できない、と腹を立てる彼の株を上げるはめになり、それまで正しいニュース報道を心がけてきた〈ラクーン7〉にとっては、大きな黒星となった。

テリがクビにならずにすんだのは、その翌週《ラクーンシティ・タイムズ》の第一面を飾った特ダネ記事のおかげだった。収賄はいわば大海の一滴、ミラー議員の堕落のごく一部にすぎないことが明らかになったのだ。これはテリの失敗を免除したわけではないが、少なくとも、彼女の立場を好転させた。結局のところ、彼女の先走りで実害をこうむった唯一の人間は、一ダースもの起訴に直面していたからだ。

とはいえ、テリのしたことは決して好ましいことではない。ランドルが〈ラクーン7〉を好きなのは、ひとつには正確な報道に重点をおく局の方針を、スタッフ全員が真剣に捉えているからだ。かといって、テリをクビにすれば、ライバル局が彼女を拾い上げる可能性があることは言うまでもなく、テリ自身の反発が怖い。だが、彼女を降格するぶんには問題ない。そこでテリ・モラレスは、アンカーから天気予報のレポーターに格下げされたのだった。

この処置なら、彼女を引き抜きたがっていたかもしれない局も二の足を踏むはずだ。彼女の最終経歴はアンカーではなく、気象レポーターになるのだから。

私がネットワーク局やハリウッドに引き抜かれたときに、テリ・モラレスがまだラクーンシティの花粉の量を話題にしていたら、さぞ気分がいいことだろうな。ランドルはそう思った。

〝昔はどんなだったか、覚えていますか？〟

ランドルはオンエア・モニターのコマーシャルに目をやった。現実の生活には決して存在しないタイプの美しい女性が、ベッドから出るところだった。見るからにおしゃれな寝室は驚くほどきれいに片づいている。ランドルがもう何年も望んでいるが、まだ到達できずにいる税率区分に属する部屋だ。

〝毎朝、鏡のなかで見ていたあの爽やかな顔を？〟

その女性が浴室の鏡のくもりを拭くと、ゴージャスな顔が現われた。

「ふん」ローレンがぶつくさ言う。「朝、おっと失礼、〝午前〟いちばんに、あんなにきれいに見える人間がいたら、お目にかかりたいもんだ」

これればかりは、ランドルもアシスタントに賛成だった。スーパーモデルですら、寝起きの顔は見られたものではない。

〝世間の憂さで心がすりへるまえに〟

さっきと同じショットだが、その女性は齢《とし》をとり、ベッドルームすら少しみすぼらしくなって——多少は現実の寝室に近くなった。同じく女性も現実に近くなり、目尻《めじり》の小じわや、深いしわ、眼の下の袋が目立つ。

〝時計を逆戻りさせたいと思いませんか？　リニュークリームはその願いを叶《かな》えてくれる。

肌の潤いを保つために毎日使えば、このクリームだけに含まれているT細胞フォーミュラが、疲れた細胞、死にかけている細胞を活性化させてくれるのです〟

　この言葉と同時に、クリームが体に吸収され、くすんだ皮膚細胞が明るい色の細胞に取って代わる、シンプルな図が表示される。

「クソ、ひどい出来だな」ローレンが毒づいた。「僕のクソマックでさえ、もっとましなアニメができるぞ」

「うるさいぞ、ローレン」ランドルは反射的にそう言った。

　非現実的な美しい女性が戻ってきた。

〝若い、瑞々《みずみず》しい肌のあなたが取り戻せます〟

「ああ、そうさ。なんてったって、本物のあんたは若いんだからね」

「ローレン、〝うるさい〟という言葉の、どの部分がわからないんだ？」

　ランドルには、甥《おい》がいつも聴いているアルヴィン&チップマンクスのアルバムみたいに聞こえる早口の声が言った。〝リニューはアンブレラ・コーポレーションが登録している商標です。これを使いはじめるときには、必ず主治医に相談してください。副作用が起こることもあります〟

　ランドルは眉《まゆ》をひそめた。「化粧品は副作用をリストアップする義務があるんじゃないか？」

ローレンは鼻を鳴らした。「ええ、そのとおり」

「いや、ほんとにさ。たしかそういう法律ができたはずだ。違ったかな?」

「ラクーンに住んでどれくらいになるんです、ボス?」ローレンはにやっと笑った。「アンブレラ社は一般と同じルールには縛られないんですよ。そろそろ察しがつくころじゃありませんか?」

たしかに。ラクーンシティは、アンブレラ社のものだと言ってもいいくらいだ。実際、子会社のひとつは、この局の株を持っていた。過半数には満たないものの、おかげでアンブレラ社やその子会社を調査して、彼らの実体に迫ろうとする企画は、一度ならずボツになっている。

そういえば、テリ・モラレスもアンカー時代そういう企画をたてたことがあった。

最後のコマーシャルがはじまった。「あと三〇秒」ローレンが告げる。

ランドルは番組に注意を戻し、3カメに合図を送りながら、『ドラゴンの鱗』を製作する日のことを考えた。

3

「ねえ、兄さん。なんだってあの橋は、〝烏門橋《レイヴンズ・ゲート・ブリッジ》〟って呼ばれてるんだい？」

親父とお袋を殺してやる、ジェレミー・ボトロフはそう思った。

いや、それはひどすぎるかもしれない。これはふたりのせいではない。そうとも、親父とお袋は、サンホゼのあと家に戻った彼を、黙って受け入れてくれたのだ。

殺す必要があるのはマイクだ。

もちろん、それには、まず彼を見つけなくてはならない。

「兄さん？」

不幸にして、グレッグのしつこい質問を無視しても、この一〇代の弟が消えてくれるわけではなかったから、彼は仕方なく答えた。「橋のこっち側には大量の烏がいたからさ。俺たちの側にあるあの小さな公園をすみかにしていたんだ。ラクーンシティが川のこっち側まで広がると、このあたりにも名前をつける必要が生じた。で、ものすごい数のクソ烏にちなんで、烏の門と呼ぶことにしたってわけだ。そして橋を造ると、それもそう呼ぶことにした」

ジェレミーはおんぼろのフォルクスワーゲン・ゴルフの速度を落とし、両親に感謝しながら料金所に近づいた。フリーパスを貸してくれたおかげで、列に並ばずにすむ。これならグレッグをボートの練習に送りとどけ、Uターンして、家――両親の家だが――に戻り、再びベッドに潜りこめる。

それから、自分がめちゃくちゃにした人生を立て直す算段ができる。

いや、待て。人生がめちゃくちゃになったのは、マイクのせいだ。

ジェレミーは、マイクがどこに行き着くにせよ、エキゾチックな病気で死ぬことを祈った。おそらくあいつのことだ、合衆国とは犯人引渡し条約を結んでいない国に逃げこんでいるだろう。だから変わった病気に感染する可能性はある。だいたい、あの男は食べるものに注意を払った例《ためし》がない。

ジェレミーはと言えば、二年まえサンホゼでマイク・ジョーンズとはじめたささやかな事業の財政面に、まったく注意を払わなかった。

ドット＝コムが破産したことなんか心配するな、マイクはそう言った。

シリコン・アレーが規模を縮小したってそれがなんだ、とも言った。

うちの客が減ってることも心配しなくていい、マイクはそうも言った。

だが彼は、手もとに残ったわずかな資産を、俺がかっぱらってどこかに高飛びし、おまえが非難の矢面に立っても気にするな、とは言わなかった。

会社は破産、彼自身も破産して、《ビジネス・ウィーク》のページに、新しい世紀の不景気が生んだ新たな犠牲者として写真を載せられ、ジェレミーは故郷のラクーンシティに戻ってきたのだった。

一年まえの彼は業界の大物だった。職員を雇い、見晴らしのよい美しいマンションに住み、脳みそはまったくないが胸のでかい、性欲のかたまりみたいなショーナというガールフレンドがいた。

だが、マイクが金を持って姿を消すと、ジェレミーはたちまちにして職員も、マンションも、ガールフレンドも失った。いや、ショーナを失ったのはマンションのまえだったかもしれない。とにかく、すべてがあっという間だった。ショーナにプロポーズするほどの間抜けではなかったことだけが、せめてもの救いだろう。

いまの彼は事業に失敗したごくつぶしだった。親の家に転がりこみ、夜明けと同時に弟をボートの練習に送らねばならぬ境遇にまで落ちぶれた。居候の身では、父と母にグレッグを送ってくれと頼まれたとき、いやだとはとても言えなかったのだ。なんと言っても、彼が部屋代も払わず、食費も入れず、ただ酒に（たっぷり）ありつけて、家のなかで我が物顔に振る舞えるのは、両親のおかげなのだ。

とはいえ、ようやくどん底から這《は》い上がれそうな流れになってきた。まあ、少なくともこれ以上悪くなることはなさそうだ。アンブレラ社の人事課と面接の約束を取りつけたのだ。この面接に漕《こ》ぎつけるだけで一カ月もかかった。どういうわけか、この国最大のコンピューター会社は、最近この分野に進出し、破産して数カ所から告訴されている男を、〝お買い得〟だとはみなさなかったのだ。だが、ようやく今日の午後、面接が実現する。

グレッグを急いで練習に届け、一刻も早くベッドに戻りたいのはそのためだった。

もちろん、母のテキーラを減らしながら、午前二時までケーブルテレビのつまらない映画を見ていなければ、夜明けに起きてグレッグを送るのは、それほど負担ではなかったかもしれない。

だが、有り余っている時間を、何に使えばいいのか？

「どうして鳥〝門〟橋って呼ぶのさ？」グレッグが尋ねた。「ほんとは〝門〟じゃないのに」

「いや、そうだよ。川のこちら側に来る関門なのさ。そして鳥が腐るほどいる」彼はにやっと笑った。「それにさ、ほんとは鳥天国と呼びたかったんだが、市議会に冴《さ》えない名前だと却下されたんだ」

「嘘ばっかり」

「なんだと？　俺の言うことを信じないのか？」

「うん」

「だったらどうして訊《き》いたんだ？」

「退屈だったからさ」

「俺も退屈させよう、ってか？」

「まあね」

グレッグの「まあね」は、たいてい会話が終わったしるしだ。ジェレミーは安堵《あんど》のため息をつき、料金所を通過した。しかもスクリーンの表示を見るかぎり、このフリーパスには橋を戻れるだけの金が残っている。

まだかなり早い時間だったから、橋の上には数えるほどの車しか走っていなかった。料金所を通過すると、どの車も広がって、それぞれ好みの速度で走りだす。そのためよけいすいているように見えるのだ。まあ、あと二〇分もすれば、通勤の車が集まってきてひどい渋滞が起こることになる。

おそらく、そのほとんどがＳＵＶだろう。まったく、しゃれた家からダウンタウンのオフィスに行くのに、オフロード・ヴィークルが必要みたいに……。

ちょうどあの連中の――

ジェレミーは目をしばたいた。

なんだ――？

彼がバックミラーでそれを見つけるのと同時に、グレッグが尋ねた。「あの音はなんだろ？」

グレッグの窓はおろしてあった。エアコンはとっくの昔に壊れており、ジェレミーはそれを修理できる財政状態ではなかったからだ。グレッグは頭を突きだして、空を見上げた。

「すぐ後ろに黒いヘリコプターが飛んでる！　きっとエリア51から来たんだ！」

「エリア51があるのはニューメキシコだぞ、クソバカ」

「クソバカだって？　母さんに言いつけるぞ」

ジェレミーは再びバックミラーを見た。一〇台以上の黒いSUVが、少なくとも時速七〇マイルで橋を渡ってくる。

「俺は大人だぞ、グレッグ。なんだって好きなことを言えるのさ」

このゴルフは時速六五マイルがやっとこさっとこだ。SUVの一隊はたちまち彼を追い抜いていった。彼らが通過するとき、ジェレミーはどの窓もほとんど黒に近い色で遮光されているのに気づいた。これは彼が知るかぎり、完全な法律違反だ。

驚いたことに、この一隊はバンパーがくっつくほど接近しているのに、時速七〇もだしている。まるでクソったれロボットみたいな運転だ。

彼はちらっと顔を上げ、グレッグが「わあ、すげえ」と感心している黒いヘリを見た。SUVと同じくらい緊密な編隊を組んでいる。

いったい何が起こってるんだ？

最後の一台が抜き去った。ジェレミーが数えた一五台目だ。彼はその車のナンバー・プレートを見た。たいていはでたらめの番号と文字を組み合わせたものだが、このSUVは

〝uc15〟なるバニティ・プレート、つまりオーナーの名前や職業、その他好きなものを入れられる注文作りのプレートをつけていた。

フレームには、アンブレラ・コーポレーションを様式化したロゴが入っている。

橋を渡って市内に入っても一五台のSUVは相変わらずぴったりと張りつき、整然と一列に並んだまま町の中心へと向かった。

午後の面接が楽しみだ。橋を渡りつづけながら、ジェレミー・ボトロフはそう思った。

4

「どうしてもそのクソが必要なのか?」マイク・フリードバーガーは相棒に尋ねた。

「そのクソって、って?」SUVでラクーンシティの通りを走りながら、ピーターソンがクソ腹立たしいすまし顔で訊き返す。

「そのクソガムさ。まったく。クソガムをくちゃくちゃ噛《か》まれると、クソ苛々《いらいら》する」

ピーターソンは肩をすくめ、通りの角を曲がって、ほかの車がほとんど走っていない脇道に入った。マイクは彼に運転しながら肩をすくめてもらいたくなかったが、クソガム同様、この願いが叶《かな》う望みはほとんどなさそうだ。

「そいつはすまないね」ピーターソンは言った。「おまえがそんなに毒づかなけりゃ、俺もガムを噛まないかもしれないぜ」

「ちぇっ、クソ冗談はよせよ」

「毒づくのを控えるのが、それほど難しいかい?」

「クソったれ、それがなんだ? つまりさ、真面目な話、俺がどんなクソ害を与えてるんだ?」

ピーターソンはいつもの間が抜けた笑いを浮かべた。これを見るたびに、マイクが彼の顔を連打したくなる顔だ。「俺がガムを鳴らすのと、同じぐらいの害を与えてるよ」

「ああ。だが、クソ違うのはな、おまえがクソガムを鳴らすのはクソ苛立たしい音で、俺はクソ気が狂いそうになるんだよ」

「俺だって、あんたが〝クソ〟って言葉を、まるで句読点の一部みたいに使うと、気が狂いそうになる。だが、文句を言ったことがあるかい？」

「ああ、ある」

「着いたぞ」

「なんだと？」マイクはダッシュボードのカーナビを見下ろした。それは軌道にあるアンブレラ社の衛星から送られてくるこの地域の地図を表示していた。車台に取りつけられた小さな装置から衛星に送られるシグナルで、衛星はSUVの現在位置をつかみ、点滅する赤い点でそれを示している。彼らの目的地に取り付けた似たような送信機からも衛星にシグナルが送られているが、それは点滅しない青いライトで地図上に表示されていた。

　こういうシグナルや装置には、全部ひっくるめれば、相当な金がかかっているはずだ。俺が遮光窓の外を見るだけでやれるクソ仕事をするために、だ。マイクは黒い窓の外にそびえるチャールズ・アシュフォード博士の屋敷を見ながら、そう思った。ピーターソンがその前に車を寄せていく。

　コンピューターのディスプレーは、親切にも、アシュフォードが会社の科学部門のレベル6に所属していることまで表示していた。それにこれは、優先順位のきわめて高い任務であることも。どれもマイクがよく知っていることだ。だいたい、彼らがこのクソSUVを運転して、こんなにクソ早い時間にラクーンシティを横切っているのは、そのためだ。だが、アンブレラ社はバカげたクソに大金を費やすのが好きなのだ。まあ、でかい企業はみなそうだ。

給料さえちゃんと払ってくれれば、お偉方がクソ経費をどれだけ使おうが、マイクにはどうでもよかった。

給料と、たえまなくガムを嚙んでいる、こんなにお上品ぶった男以外の相棒を与えてくれれば。

ピーターソンはドライヴウェイのちょうど真ん中に、しかもまっすぐにSUVを停めた。ほかの欠点はともかく、この男は運転がクソうまい。運転手にとっては役に立つ技術だ。

「この男は誰だい?」ピーターソンがSUVから降りながら尋ねた。

「科学部門の上等なクソのなかのひとりさ」

「つまり、誰なんだい?」

「おまえや俺より、はるかにお利口さんで、はるかに大金を稼いでる男だよ。うっかり機嫌をそこねたら、研究室で作りだしたエキゾチックな病原菌を植えつけられるぞ」

ピーターソンはくすくす笑った。「なるほど」

「こいつは冗談じゃない。会社があのクソったれコマーシャルで大々的に宣伝してる、しわ取りクリームを知ってるか？　あのよだれが垂れそうなクソマブイ女を使って？」

「ああ。見たことがあるよ。それに、〝マブイ〟なんて言葉はもう誰も使わないぜ」

「なんだよ、おまえは言語検閲官か何かか？　〝クソ〟はだめ、〝マブイ〟もだめ。いったいどんなクソ言葉を使えばいいか、教えてもらいたいもんだ」

ピーターソンはとりわけ大きな音をたててガムを嚙んだ。「好きなことを言えばいいさ」

彼らは玄関に向かい、マイクが呼び鈴を鳴らした。「そいつはクソありがたいこった。とにかく、そのしわ取りクリームを開発したのがこの男さ。ほとんどひとりでな」彼はにやっと笑った。「ああ、そうだ、ハイブにあるコンピューターを知ってるか？」

「あの気味の悪い子供の？」

マイクはうなずいた。「あれはこの男の娘だ」

「まさか」

「ほんとさ。俺に言わせりゃ、クソ苛々するな。つまりさ、クソコンピューターを使うたびに、クソガキと話したいやつがどこにいる？」

「その子供も一緒に連れてくのかい？」

マイクは目玉をくるっとまわした。「おまえは、クソったれブリーフィングを聞いてたのか？　いいや。そっちはボブとハウイーが行ってる」マイクはその仕事を割り当てられた弟のボブが、羨ましいとは思わなかった。子供をホームルームから連れだすのは、厄介な仕事だ。教師は食ってかかるし、子供たちはひとり残らず脳タリンで、とにかくクソ面倒だ。

ボブのやつがその仕事を割り当てられたのは天の配剤だろう。ボブの相棒は車のなかでガムを嚙まない。ハウイー・スタインはいい男だ。マイクに言わせれば、できの悪い弟には過ぎた相棒だ。

ようやく玄関のドアが開いた。自動ドアか？　マイクは最初そう思った。ドアの向こうに誰も見えなかったからだ。

だが、視線を下げると、チャールズ・アシュフォードはそこにいた。車椅子に座っていた。

車のなかの一〇〇万ものクソ装置も、ケイン少佐のクソったれブリーフィングも、この男が車椅子を使ってることにはまったく触れていなかった。

マイクはポーカーフェースを張りつけ、アシュフォードを見下ろした。「申しわけありません、博士。事故がありまして」

アシュフォードは目をみはった。「なんだと？」

「ご同行願います」ピーターソンが付け加える。

「いったいどうして？」アシュフォードは腹を立てているようだった。

「博士、お願いします」マイクはどうしてどころか、何が起こったかさえ、クソ見当もつかなかった。彼はケイン少佐の命令を遂行しているだけだ。

ピーターソンを見て、科学者のほうに顎《あご》をしゃくる。すると奇跡のなかの奇跡が起こり、ピーターソンは彼のヒントを正しく読みとって、車椅子の後ろにまわった。

この男が車椅子を使っているたったひとつの利点は、説得にあまり時間がかからないことだ。こいつがなんと言おうと、クソ車椅子を外に押しだせばすむ。

ピーターソンが車椅子のハンドルをつかむのを見ながら、彼は繰り返した。「ご同行願います」

「しかし、娘はもう学校に出かけたぞ」

マイクは安心させるようにこう言った。「そちらも手配済みです、博士」

ピーターソンはSUVへと車椅子を押していく。こいつは立つこともできないのか？

マイクはちらっとそう思った。ちくしょう、この男の痩《や》せた尻《しり》を、車椅子ごとSUVに乗せるのはひと苦労だろう。

結局、ボブの仕事のほうが簡単だったかもしれない。

ピーターソンは車椅子を押しながら、ガムを噛んだ。

アシュフォードが顔をしかめた。「それをやめてくれんか？　非常に不愉快だ」

突然マイクは、この男が好きになった。

5

アンジェラ・アシュフォードは、ホームルームが嫌い、〝アンジー〟と呼ばれるのも嫌いだった。

だが不幸にして、毎日それを我慢しなくてはならない。まるで彼女がどこかの間抜けなチビみたいに、誰もが〝アンジー〟と呼ぶ。でも、彼女はチビでも間抜けではなかった。もうほとんど大人だし、頭もいい。

ホームルームも大嫌いだ。

その原因のほとんどは、ボビー・バーンスタインだ。ボビーはアンジェラの髪を引っ張り、バカな友だちと一緒に彼女を罵《のの》り、父の悪口を言う。

アンジェラはそのどれも嫌いだった。

とくに、父を悪く言われるのは。

父が歩けないのは、父のせいではない。アンジェラが昔は障害者だったのも彼女のせいではない。

父はアンジェラを助けようとした。

父と会社の人たちの会話のことは、まだ覚えている。アンジェラはその部屋にいたわけではないが、もう眠るために自分の部屋に行く途中で、父の取り乱した声が聞こえたのだった。

父が取り乱すと、アンジェラは不安になった。

彼女は二階にいて、父は階下の書斎にいたから、全部聞こえたわけではない。でも、彼女が怖くなるような言葉が聞こえてきた。

〝……君たちは私の研究を悪用《パヴァーティッド》したのか〟父はそう言った。〝あのT細胞は、世界中の病気を撲滅できたのに！〟

アンジェラは〝パヴァーティッド〟という言葉の意味を知らなかったが、何か悪いことなのはわかった。

〝しかし、それでは誰もあなたに給料を払えませんよ、博士〟客のひとりが言い返した。

その夜遅く、アンジェラは父が自分の部屋で泣いているのを聞いた。

それでも、父はまだ彼女を助けてくれた。彼女をもっとよくしてくれた。

今年のホームルームの担任は、大きな口髭《くちひげ》をはやしている、白髪のまじったストランクという愚かな男だった。頭のてっぺんにかつらをのせ、それを本物の髪だと言い続けている。ほかの子供たちは彼を〝スカンク先生〟と呼んでいた。ストランク先生は、ボビー・バーンスタインやほかの子供たちが髪を引っ張ってもあまり怒ってくれない。だから、アンジェラもあまり好きではなかったが、〝スカンク先生〟と呼ぶのはひどい。

ストランク先生は、いつものように今日の予定を話していた。アンジェラはそれに耳を傾けていたが、すぐ後ろでデイナ・ハーレーがナタリー・ウィッテカーに囁《ささや》いているせいで、ほとんど聞こえない。

突然、教室の前のドアがあき、アンジェラは驚いた。

明らかにストランク先生も驚いたらしく、読んでいたメモごと紙ばさみを取り落とした。紙ばさみが大きな音をたて、アンジェラはまたしてもびくっとした。

彼女はスパイダーマンのお弁当箱をつかんだ。父がこれをくれたのは、アンジェラをよくしてくれた直後だった。スパイダーマンはとても勝てないような相手にも最後は必ず勝つし、どんなに悪いことが起こっても決して負けない。だからアンジェラは、スパイダーマンが好きだった。父はこれをくれたとき、〝おまえは私の小さなヒーローだからね〟と言った。

でも、なかに入っているのはお弁当ではない。それよりも、ずっと、ずっと重要なものだ。

アンジェラがスクールバスに乗るまえに、父は毎朝こう言う。

〝そのお弁当箱をなくすんじゃないよ、スイートハート〟

アンジェラも毎朝、同じ答えを返す。

〝なくさないわ、パパ〟

そして一度もなくしたことはなかった。

だから、グレーのスーツを着たふたりの男が教室に入ってきたときも、彼女は真っ先にこのお弁当箱をつかんだ。

「申しわけありませんが」スーツの男のひとりが言った。「ミズ・アンジェラ・アシュフォードを迎えにきたんです」

「何をしたんだ、アンジー？」ボビー・バーンスタインが尋ねた。彼は卑猥《ひわい》に聞こえるように、〝した〟という言葉を引き延ばした。

ほかの子供たちが何人か笑う。

ボビー・バーンスタインなんか大嫌い。アンジェラはそう思った。

それに不安になった。家で何かが起こったにちがいない。このふたりは、ほかのグレーのスーツの男たちにそっくりだ。

父の会社の人たちに。

アンジェラは彼らがあまり好きではなかった。

「どういうことだね？」紙ばさみを拾うためにかがみながら、ストランク先生が尋ねた。

「我々は、アンジーのお父さんの雇用主の命令で、アンジーを迎えにきたんです」

「パパがどうかしたの？」アンジェラは尋ねた。

男のひとりがアンジェラを見て、片手を差しだした。「頼むよ、アンジー、一緒に来てくれないか?」

アンジェラはアンジーと呼ばれるのが大嫌いだ。とくに大人にそう呼ばれるのは嫌いだった。

「パパは大丈夫?」この質問に答えてもらうまでは、席を立つのはやめよう、アンジェラはそう思った。

ボビー・バーンスタインが愚かな声で真似をした。「パパは大丈夫?」彼のバカな友だちがまた笑った。

「お父さんは元気だよ、アンジー。だが、君はいますぐ私たちと一緒に来る必要がある」

アンジーはスパイダーマンのお弁当箱を持って立ち上がった。

それまで黙っていた男が言った。「お弁当はいらないよ、アンジー」

「これと一緒じゃなきゃ、どこにも行かないわ」

「ああ、いいとも」最初の男が言った。「頼むから、一緒に来てくれ」

ストランク先生が前にでた。「いいかね、いきなりホームルームに入ってきた、名前も名乗らない相手に、生徒を連れて行かせるわけにはいかんのだよ」

二人目がスーツの内ポケットに手を入れ、一枚の紙を取りだして、それをストランク先生に差しだした。

先生はかすかに口を動かしてその紙に目を通し、それから大きな口髭《くちひげ》を垂らした。

「よかろう、結構だ」先生は二人目の男に、その紙を返しながら言った。

最初の男はまだアンジェラに片手を差しだしていた。

「おいで、アンジー。行かなくては」

「ああ、アンジー、イカなくちゃ」ボビー・バーンスタインが言う。友だちがくすくす笑った。

アンジェラはつぶやいた。「あんたなんか死ねばいいのに、ボビー・バーンスタイン」

これは誰にも聞こえないほど小さな声だった。が、デイナだけは聞きとって、アンジェラに笑いかけた。

デイナもボビー・バーンスタインが嫌いなのだ。

スパイダーマンのお弁当箱を抱きしめ、グレーのスーツの男たちのあとから廊下に出ながら、アンジェラは尋ねた。「どこへ行くの?」

「それはもうすぐわかるよ、アンジー」

質問をはぐらかしてる、アンジェラはそう思った。

彼らは学校の正面から出た。ホームルームがはじまったあとは、鍵《かぎ》がかかっているはずのドアから。

でも、この男たちが父の会社から来たとすれば、してはいけないことをしたのは、これが初めてではないのだろう。

実際、彼女を教室からこんなふうに連れだすのも規則違反だ。でも、彼らはストランク先生の許可を取ってしまった。

アンジェラはお弁当箱を胸に押しつけた。

学校の正面には、大きな黒い車が駐まっていた。〝二、、、、、四、、、、、時、、、、、間、、、、、駐、、、、、車、、、、、禁、、、、、止、、、、、〟と赤い文字の標識がある真下に。

でも、その車には駐車違反のチケットはない。

何か悪いことが起こっているんだ、アンジェラにはわかっていた。

パパが病気になったの？　あたしが病気なの？　会社はパパが悪いことをしているのを見つけたの？

それとも、もっとひどいこと？

二人目の男が車の横のドアをあけた。その車は驚くほど大きかったから、踏み台に上がるようにして乗らなくてはならず、もう少しでお弁当箱を落としそうになった。

アンジェラは後ろの座席に座り、ふたりの男は前の座席に座った。

「ブギろうぜ」助手席に座った男が言った。

「どうしていつもそう言うんだ？」

「何を言うって？」

「〝ブギろう〟ってさ。バカげた表現だ」

「黙ってクソ車を運転しろよ」

「おい、言葉に気をつけろ！　後ろには子供が乗ってるんだぞ」

「ああ、そうかい。じゃあ、こう言えばいいのか？　このいまいましい車をさっさと運転してもらえないか？　やれやれ」

大きな黒い車はハドソン・アヴェニューを走りだし、ロバートソン通りをすぎて、大通り《メイン・ストリート》に向かった。これはその名前のとおり、ラクーンシティの中心にある大通りだ。父の話では、昔は街の大通りはメインだけだったらしい。いまはほかにもたくさんある。シェイドランド・ブールヴァードとか、ジョンソン・アヴェニューとか、メビウス・ロードとか。でも、〝大通り〟はいまでも一番重要な通りのひとつだ。

運転している男は、ハドソン・アヴェニューを走りながら、まだ話していた。

「実際に、〝ブギった〟ことが一度でもあるのか？」

「まだ、その話か？」

「なあ、あるのかい？」

「ちぇ、ハウイー、これはただのフレーズだよ。おまえはフレーズを使ったことがないのか？」

「あるさ。だが、俺は現実に即したフレーズを使うのが好きだ」

「ちゃんと現実に即してるさ。ブギはダンスのひとつだ。ダンスは一種の動作だろ？　俺たちは動く必要がある。要するに、〝さっさと動こうぜ〟ってことさ」

「だったら、なぜ単純に〝さっさと動こうぜ〟と言わないんだ?」

「〝ブギろうぜ〟のほうが、音節が短い」

「ああ、なるほど。あんたは〈音節乱用阻止協会〉の筋金入りのメンバーか。今月の会費はもう払ったのか?」

「家内がそういう屁理屈《へりくつ》をこねるときは、たいていは生理中だが、おまえの言い訳はなんだ?」

運転手はハドソンとメインの角にある大きな赤信号に近づいていたが、速度を落とそうとはしなかった。

「ただ、その表現が俺たちの行動とどんな関係があるのか、わからないだけさ。あんたはブギを踊らないんだから、よけいだよ」

「俺がブギを踊らない、って? どうしてそんなことがわかるんだ? ダンスするような状況で、一緒にいたことが一度でもあるか?」

アンジェラは右の窓の外を見た。大きなトラックがメインを走ってくる。

すごいスピードで。

運転している男は、まだブギのことを話している。彼は赤信号にも止まろうとしなかった。ひょっとしたら、そんな必要はないと思っているのだろう。だって、学校の規則を無視したのだから。

きっと赤信号でも止まる必要はないと思っているのだ。

でも、トラックも速度を落とそうとしない。

グレーのスーツの男たちも。

ようやく、運転している男が大きなトラックに気づいた。

そのあとは、すべてがあっという間に起こった。アンジェラには目の前の、座席の後ろしか見えなかった。音が聞こえただけだ。

「クソ！」

けたたましい音。

大ハンマーが壁を打つような音。

紙がくしゃくしゃになるような音。

悲鳴。

感じたこともいくつかあった。まるでローラーコースターに乗っているみたい、とか。

アンジェラは大きな黒い車のなかであちこちに叩《たた》きつけられた。

でも、何が起ころうと、スパイダーマンのお弁当箱は抱きしめて放さなかった。

爪で黒板を引っ掻《か》くような音がした。それを何倍、何十倍にも大きくしたような音が。

それを聞きながら、アンジェラは思った。パパ！

6

ロイド・ジェファーソン、略して〝L・J〟・ウェインは、自分で手錠をかけることができるくらい、しょっちゅう逮捕されていた。

これはほとんど週ごとの儀式だった。ちょっとした〝ビジネス〟のせいで逮捕されることもあれば、誰かが何かしでかして、情報のほしいラクーンシティ警察がくだらない罪でL・Jを引っ立て、しゃべらせることもあった。

L・Jはそれに逆らうほど愚かではなかったから、たいていはぺらぺらしゃべった。長いものには巻かれるのがいちばんだ。

彼は小悪党だった。それに満足していた。たしかに、警官は彼の尻《しり》を引っ立てる。だが、ムショにぶちこむためではない。そうとも、彼がぶちこまれるはめになったのは、たった一度だけ。それもわずか半年のことだ。

軽罪と二、三のちょっとした重罪、それ以上のワルさをしなければ、彼の黒い尻はしごく安泰、いくらか〝まっとうな〟キャッシュを稼ぎ、屋根のある場所に住んで、誰にも命令されずに生きられる。クソ、ムショ暮らしはもうこりごりだ。彼は白人にヤクを売る。だが、白人ときたら、ヤクの楽しみ方がちっともわかっていないから、そのせいで仕事をしくじり、会社をクビになる。そして人生がすっかりめちゃくちゃになっても、退職金でヘロインを買う。

だが、今日は——今日はラクーンシティ警察の檻《おり》のなかで腐ってる場合じゃないぜ、ちくしょう。

とてつもなく恐ろしいことが起こってる。こんなときに留置場にぶちこまれるのはまっぴらだ。

朝からずっと、あらゆる不気味なことが起こっていた。まるでドライヴインの怪物映画みたいに、人々がよろめきながら歩きまわり、問答無用でガブリと嚙《か》みついているのだ。最初のうちL・Jは、狂ったのは白人だけだと思った。だが、それから彼はドウェインを見た。

ドウェインは鑑別所にいたというひよっこだ。だから自分がこのブロックの大物だと思っている。L・Jはこんな与太話《よたばなし》はこれっぽっちも信じていなかったが、ドウェインがキャッシュを払ってくれるかぎり、好きなことを言わせておいた。

L・Jがスリーカード・ゲームをやっていると、そのドウェインがふらつきながらやってきた。L・Jは少々財布が軽かった。おまけに今日は月末、ジュニア・バンクがみんなのところに、今月の〝品代〟を集金にまわる日だ。L・Jのつけは二〇〇〇ドルだが、クソったれコルツが、クソったれセインツに負けたせいで、L・Jの手元にはその金が残っていなかった。そこで彼は、てっとり早く観光客から巻き上げようと、ヒルとポーク・アヴェニューの角に段ボール箱を置き、バス停の新聞スタンドから拝借した幸運のトランプを取りだし、三枚だけ引き抜いて残りを切りはじめた。

するとと何が起こった？ L・Jがふたりの間抜けな白人から臨時収入を手に入れようとしていると――そのなかには、〝こういう連中が使うあらゆる手口を知ってる〟つもりのむかつく野郎もいた――ドゥェインがものも言わずに近づいて、ゴマーとその奥さんに噛みつき、L・Jが使っている箱をひっくり返した。

L・Jがぞっとしたのは、ドゥェインの目だった。彼の目は〝死んで〟いた。それに顔色もひどかった。茶色よりも灰色に近かった。

ドゥェインはふらふらと離れていき、白人たちは悲鳴をあげながら逃げだした。金を払わずに、だ。ひとり残ったL・Jは、散らばったカードを拾い集め、箱をもとに戻さねばならなかった。

それから一時間ばかり、同じようなことが起こるのを見ながら〝営業〟していると、スリーカードの客のひとりが、クソったれ警官であることがわかった。

何より腹が立ったのは、これを最後にするつもりだったことだ。支払う金はまだ足りなかったが、ジュニア・バンクには手持ちで我慢してもらうしかない。L・Jは一刻も早く、カスタム仕様のウージーと、警官よけの鍵《かぎ》付きドアがあるねぐらに戻りたかった。

ところが、この白人の刑事は、彼を軽罪で逮捕した。街じゅうをゾンビが歩きまわっているのに、だ。

通りの状態もひどくなるばかりだったが、警察のほうがもっとひどかった。L・Jの従兄弟《いとこ》のロンデルが、昔、ニューヨークの警察の様子をよく話してくれたものだが、そういうことはラクーンでは起こらない。

だが、今日のラクーンシティ警察では、あきれるほど大勢の警官が走りまわり、わめきあい、電話に向かって怒鳴っていた。あまりの騒がしさに、L・Jにはひと言も聞き取れなかった。

「なあ」L・Jは自分を引っ張っていく刑事に言った。「こんなときに、俺の痩《や》せた黒い尻のことなんか誰が気にする？　これを見ろよ！」

刑事は、ポーク・アヴェニューでL・Jにミランダ権利を読み上げたあと、言い続けていることを口にしただけだった。「黙れ」クィン巡査部長の机に達すると、その刑事は言った。「こいつを三時一四分に逮捕したと記入しといてくれ」

「気が触れてるのか！　見てくれ、俺はまっとうなビジネスマンだぞ！」

L・Jは警察のなかを見た。制服警官がふたり、気の触れたデュアメルという名の白人の若者と、その相棒でクーパーという意気地なしの黒人が、牛乳よりも白い肌のでかい男を連れて入ってきた。

その男の目は、ドウェインと同じように〝死んで〟いた。

「見ろよ、ハーマン・マンスターの野郎は、何かにとりつかれてるぜ。あいつこそ何とかすべきだ」

デュアメルとクーパーは、老ハーマンを押さえつけようと苦労している。デュアメルが巡査部長に叫んだ。「手を貸してくれ。こいつは狂ってる！」

クィンは机の反対側を回って、L・Jを囚人用ベンチに移動させた。

「ちくしょう！」

L・Jが振り向くと、クーパーが腕をつかんで、ひどく痛むように顔をしかめている。

「こいつ、俺を嚙んだぞ！」クーパーはわめいていた。「こんちくしょうが嚙みやがった！」

デュアメルはハーマンを警棒で殴りはじめた。クソったれおまわりときたら、何かというと警棒を使う。

クィンはL・Jを手錠でベンチにつなぎ、デュアメルとクーパーに手を貸すために駆けていった。

ハーマンはめちゃくちゃ叩《たた》かれていたが、全然こたえている様子はなかった。彼はただ、そこに〝立っている〟だけだ。

これは不気味だ。

「よお、クィン！　俺をこんなとこに置いてくなよ！　身を守るもんをくれ！」

クィンは彼の抗議を無視し、ハーマンに使おうと自分の警棒をつかんだ。

L・Jは首を振りながら、同じくベンチにつながれたほかの〝仲間〟を見ようと向きを変えた。

そこにいるのは、女がひとりだけだった。売春婦のような恰好《かっこう》だ。おそらく、売春婦だろう。うむ、警察がL・Jまで逮捕しているとなると、ハーバー通りの売春婦も総ざらいしている可能性がある。月末に帳簿をきれいにしたがるのはジュニア・バンクだけではない。警官もクソったれノルマを達成する必要があるのだ。だからL・Jのようなまっとうなビジネスマンや、地道な売春婦を——

おい、この女は知り合いだぞ。うつむいて、ほとんど胸に顔を埋めているせいで顔は見えない。しかも顔を埋める場所はたっぷりある。彼女がわかったのはそのためだった。

「ラションダ？　ちぇっ。おまえかよ？」

だが、ラションダは何も言わなかった。居眠りでもしてるのか？

L・Jは自由なほうの腕で彼女の脇をこづいた。少なくとも、これで退屈しないですむ。

「俺を忘れたとは言わせないぜ」

ラションダは顔を上げた。

そのとき初めて、L・Jは彼女の肩から血がでているのに気づいた。まるで誰かに嚙まれたみたいだ。

彼女の目は、ドウェインやハーマン、そのほか朝からずっと見てきたほかのクソったれゾンビたちと同じように死んでいた。

「ちきしょう、ラションダ、どんな客をとってたんだ?」

それから彼女の口が、どんな口もそんな権利はないほど大きく開いた。ラションダの歯は一本残らずまっ黒だ。その黒い歯で、彼女はL・Jに噛みつこうとした。

「クソ!」

7

君は狂った、彼らはジル・バレンタインにそう言った。よからぬ噂を振りまいている、とも言った。君がみんなに告げている戯言《ざれごと》は、ビデオゲームやアクション映画ならいざしらず、現実の出来事であるはずがない。君は幻覚を見ている、誤解している、過剰に反応している、と。

それから彼女を停職処分にした。

それもこれも、彼女が自分の目で見、自分の銃で撃ったものを、ありのまま報告したばかりに。

もとい、警察の銃で、だ。停職を言い渡したとき、彼らはこれも取り上げた。バッジも取り上げた。

彼女がこれまで何度も大きな手柄を立ててきた有能な警官であることは、明らかになんの意味も持っていなかった。制服警官だったときに市長の命を救ったことも考慮されなかった（まあ、その必要がどこにある？　あの市長はもう現役じゃないもの。それに、たとえ現役だったとしても、政治家の記憶力はあてにならないわ）。エリート警官からなる、特殊戦術および救出部隊《スペシャル・タクティックス&レスキュー・スクワッド》（S.T.A.R.S.）に配属されたことも、まったく考慮されなかった。

だが、これは間違いだ。彼女の言葉はなんらかの意味を持っていてしかるべきだった。このS.T.A.R.S.のメンバーがどれほど優秀かを考えればなおさらだ。

彼女がアークレー山脈の森のなかで見た、あの——あの——ものは、実際に存在する。彼らは人々を殺したのだ。そして彼女はやっとのことで逃げおおせた。どれも現実に起こったことだ。

だが、あれがアンブレラ・コーポレーションと関連があることも事実だ。ジル・バレンタインがラクーンシティ警察で働くあいだに学んだことがあるとすれば、それはあの会社と事を構えるなということだった。ラクーンシティは彼らの街だ。この国の半分は彼らのものだ。そういう怪物と事を構えるのは利口なことではない。

そこで非の打ちどころのない優秀な仲間の言葉を信じて、怪物映画に出てくるような危険な狂人扱いし、それが一〇〇パーセント真実であるにもかかわらず、彼らは有能な警官を〈死に突き返されたもの〉から市民を守る手立てを講じる代わりに、偽りの報告書を提出したかどで彼女を停職処分にする道を選んだ。いや、正確には選ばされた。

そしていま、ラクーンシティの至るところで地獄のような光景が展開している。

ジルが起こると彼らに警告したとおりに。

彼女は青いチューブトップとショートパンツに着替え、少し考えたあと、膝丈《ひざたけ》のブーツをはいた。一見どこにでもいる二〇代の可愛い子ちゃんだが、この服装なら腕と足を自由に動かせる。それにこのブーツで適所を蹴《け》れば、一撃で相手を倒せる。

ジル・バレンタインは、その〝適所〟をよく心得ていた。

お次は遊戯室。そこに入ると、まっ先にテレビのリモコンをつかんだ。彼女が森で見たのと同じ怪物が今朝から町をうろついていることが、ニュースでどうとりあげられているか興味があった。とくに、アンブレラ社からのコメントが聞きたい。

スクリーンがちらついて明るくなり、まだ呑気《のんき》そうな顔をほんの少しくもらせただけのシェリー・マンスフィールドが現われた。

〝――街全体を襲っているこの不可解な集団殺人については、いまだになんの説明もされていません。夫が妻を殺し、子供が親を殺し、見も知らない人々がたがいに襲い合っています。まったく動機のない恐るべきこの殺人騒動は、とどまるところを知らぬようです〟

手がかりはなし。やっぱりね。

アンブレラ社がニュース原稿を検閲しているのだろうか？

ジルは遊戯室を見まわした。壁にある棚には、トロフィーがびっしり飾られている。ビリヤードのトロフィーもいくつか混じっているが、ほとんどがライフルの射撃大会でもらったものだ。彼女の目はそこから標準仕様のビリヤード台に移った。ラッキー・スティックが緑のフェルトを斜めに横切り、キューボールと八番の球がまだその横に置いてある。

苛立《いらだ》ちを解消しようと、さっきまで打っていたのだ。

すぐ上の壁には、バドワイザーのネオン・サインが光っている。一〇代の頃、入り浸っていたバーのオーナー、エイマン・マクソーリーからのプレゼントだ。ビリヤードが好きな彼女を、いいカモだと甘くみて勝負を挑んできた男たちと、彼の店で毎晩のように勝負したものだが、警察学校に入学が決まると、彼女はエイマンに、ビリヤードの賭《か》け勝負はもう続けられない、だから〈マクソーリーズ・バー＆グリル〉にも顔をださない、と告げたのだった。

すると、彼はこの看板をくれた。彼女のおかげで、大いに店が潤ったことに対する、ささやかなお礼のしるしだと言って。ビリヤードのめっぽう強い可愛いブルネットの噂はあっというまに広まり、我こそはその連勝にストップをかけようと、街のあらゆる愚か者たちが列をなし、店にやってきたのだ。

遊戯室のふたつの長い壁には、ずらりと的が並んでいた。

どの的も銃弾の穴だらけだ。

これはだいぶまえから取り替えようと思っていたのだが、いまとなっては、そんなことをしても意味がない。

ヘンダーソン署長は、彼女のバッジを取り上げ、警察から支給された銃を取り上げたが、身を守る武器は持っている。彼女はトロフィーを飾った壁のクローゼットに歩みより、シヨルダー・ホルスターと、頼もしいオートマティックを取りだした。

これは森で怪物を殺したのと同じ銃だった。警察の銃が弾切れになったあと、あれを止めるには、頭を撃つしかないと気づいたあとで。

さいわい、ジルは頭を撃つのが得意だった。

オートマティックをホルスターに入れ、テレビのリモコンをつかんでシェリー・マンスフィールドの顔を消す。

外にはカオスしか見えなかった。

この砂岩の建物は、伯父が遺《のこ》してくれたものだ。地下の遊戯室には、直接外に出るドアがある。そこから出てドアに鍵《かぎ》をかけていると、階段の先の歩道で、女が男の腕に嚙《か》みつき、男が悲鳴をあげていた。

ジルは無造作に銃を引き抜き、女の頭を撃った。女は地面に倒れた。

男はまだ悲鳴をあげながら、ジルをひと目見て、通りを走り去った。

あの男も撃とうか？　ちらっとそう思ったが、あれだけ速く走っている的を撃つのは難しい。それに感染していない人間に弾を無駄にしたくなかった。女が嚙んだのは袖の上からだから、あの男が感染しなかった可能性はある。

どうせまもなく、ほかの誰かに嚙まれるだろうが。

愛車のポルシェ――これも砂岩のビルと同じで、いまは亡き伯父からの贈り物だった――

—へと歩いていくと、ノエルがいつもの場所、隣の砂岩の建物と角の食料品屋のあいだにあるアルコーヴに座っていた。

ふだんなら、あぐらをかいた足の前に帽子がおいてある。そしてジルはいつもそのなかに二五セント硬貨を投げこむ。だが今日はその帽子がなく、ノエルは眠っているように見えた。

「ノエル？」

ホームレスの男は顔を上げた。いつもは青い目が牛乳のように白い。

左の頰に嚙まれた傷があった。

ジルはためらわずにノエルの頭を撃った。

「よお、クソあま、なんてことをするんだ？」

ジルは振り向いた。このパンクは、三〇度を超える暑さだというのに、毛糸の帽子をかぶっている。だが、彼の目は正常だった。それにしゃべっているのは、感染してはいない証拠だ。

いまのところは。

「彼は死んでいたのよ」ジルは答えた。「私はただ、その死を確実にしただけ」

「クソあま、どうかしてるぞ」

「ええ、みんなにそう言われているわ」

彼女はポケットからキーを取りだし、警報装置を解除して真っ赤なポルシェのドアをあけた。車に乗りこむと、エンジンをかけながらバックミラーをのぞく。

帽子の若者は、小銭がないかとノエルのポケットを物色していた。

「墓荒らしに狂ってると言われちゃおしまいね」つぶやきながら走りだす。「このままじゃ、独り言が癖になりそう」

ラクーンシティは滅びかけていた。大混乱に陥っている地域のすぐあとに、ゴーストタウンのようにがらんとした通りが続く。歩道沿いのカフェの客が、死に拒まれたウェイターたちに襲われているかと思えば、店に突っこんだバスのなかをゾンビが足を引きずって歩いている。オフィスビルのロビーをうろつくゾンビたちもいた。

ジルは決断した。

自宅を出るときは、本署に行き、手助けをするつもりだった。

だが、この街はもう助けられない。

それに彼らはジルを狂人と呼んだ。彼女の証言を無視し、彼女から仕事をとりあげた。

彼らなど、クソくらえだ。

この街の警察は、彼女が市民を守り、街を守ることを望んでいない。だからこっちもお断わりだ。

とはいえ、いくつか必要なものがある。ジルはラクーンシティ警察本部の駐車場に車を入れた。

なかに入ると、警官の控え室はまるで戦場だった。机が引っくり返り、犯罪者や警官が恐怖を浮かべて逃げまどっている。ゾンビがあらゆる場所にいた。手錠をつけている者、制服を着ている者もいた。デュアメルとクーパーがボークとアブロモヴィッチに襲いかかり、酔っ払った老人がフィッツウォーレスを追いまわしていた。フィッツウォーレスはいまのところなんとか生き延びているが、警棒を手にしたクィンは嚙みつこうとする太った男にやられかけている。

ジルは首を振りながら、銃を引き抜いた。

一〇秒後、耳をろうする銃声がやんだときには、この部屋の生きた死人は、ひとり残らず頭に弾丸を食らって倒れていた。

クィンは太った男の死体を見下ろし、ジルを見上げた。「君が戻ってくれてよかったよ、バレンタイン」

ジルは鼻を鳴らし、自分の机に向かった。まだちゃんと立っている数少ない机のひとつだ。

「ここで何をしてる？」

ジルはため息をつき、オフィスから飛びだしてきたヘンダーソン署長の聞き慣れた声を無視した。あの臆病者《おくびょう》に、ドアをあける度胸があったなんて驚きだ。

「バレンタイン！　君は停職中だぞ！」

まるでそのことに、まだ何かの意味があるかのように。ジルは再びため息をつき、机の引き出しをあけた。予備のオートマティックと、腿《もも》のホルスターと、予備の弾倉《クリップ》を取りだす。「言ったはずよ。頭を撃て、とね」

「なぜここにいるんだ、バレンタイン？」

なんという質問だろう。まるで、彼女はもう警官ではないような口ぶりだ。

まあ、もう違うのかもしれない。人間の命などなんとも思わない多国籍企業が支配している街、署長が体を張って部下をかばわず、どこかの会社の不始末を尻拭《しりぬぐ》いするためにあっさり部下を停職にする警察なんか、こっちから願いさげだ。

「机を片づけているだけよ」彼女は腿のストラップを留め、二挺目《ちょうめ》の銃をそこに入れた。

クリップはショーツのポケットに突っこむ。

そしてヘンダーソンには目もくれずに——正直な話、こんな男は一瞥《いちべつ》する価値もない——クィンの机の横を通ってドアに向かった。クィンには世話になっている。

「大丈夫？」

クィンはくすくす笑った。「俺も同じことを聞くつもりだったよ。シーラの言うことを聞いて、早めに引退しとけばよかったと思っていたところさ。こうなると、フロリダが天国に思えてくる」

「アドバイスがほしい？　シーラが待ってる家に帰って、この街を出るのね」

クィンは首を振った。「無理だな。まだ勤務時間が残ってる」

ジルはこれで三度目のため息をついた。クィンは三〇年近くこの仕事をしている。彼の父親と伯父も、ラクーンシティ警察で働いていた。祖父のひとりもこの街の警官だった。彼は昔から少しばかり律儀すぎるところがあるが、その忠誠心を責めることはできない。だが、ジルにはラクーンシティ警察に忠誠を捧《ささ》げ続ける理由はなかった。

「だったら、クィン。頭を撃つのよ。あれを止めるのはそれしかないの」

クィンはうなずいた。「気をつけろよ、バレンタイン」

「あなたもね」

クィンの机を通りすぎようとすると、ゾンビの売春婦が、ベンチに手錠でつながれている派手な恰好《かっこう》の男を噛《か》もうとしていた。

「俺に近づくな！」男は叫んでいたが、売春婦はじりじり近づいていく。「ラショ ンダ、やめろ！　助けてくれ！」

ジルはラションダの頭を撃った。彼女はベンチでぐったりとなった。

それから派手な服装の犯罪者に銃を向けた。

「よせ。撃つな！」

ジルは引き金を引いた。

手錠が壊れ、それがつながれていたベンチの一部が粉々になる。

男は自分が自由になったことに気づくと、ぱっと立ち上がってベンチから離れた。

「ねじれたケツのおっそろしい売春婦が、俺を食おうとした！」それから彼はジルを見た。

「それに、あんた！　ちくしょう！　ここはいったいどうなってるんだ？」

「銃を持ってる？」彼女は尋ねた。

犯罪者は鼻を鳴らした。「だといいがな」

「どこかで見つけるのね」

それから彼女はぐるりと部屋を見まわし、クィンと、ヘンダーソンと、まだ生きているほかの警官を見た。「私は街を出るわ。みんなもそうしたほうがいいわよ」

彼女は言い捨てて踵《きびす》を返し、再び歩きだした。

ドアに近づくと、無線から制服警官の叫び声が聞こえた。たぶんウィムズだ。

「配車係、応援が必要だ。いますぐローズとメインの角に応援を送ってくれ。配車係？　応答してくれ。相手が多すぎるんだ。仲間がやられてる。後退しているところだ。助けてくれ、ちくしょう。応援が必要だ。頼む！」

ジルは車に向かって歩き続けた。半狂乱のウィムズの声がしだいに小さくなる。彼らにはこれを止めるチャンスがあったのに、それをふいにした。

街全体がその代価を払っている。

8

これはカルロス・オリベイラにとっては、最悪の休暇となった。

彼は高校を卒業すると同時に空軍に入隊した。やがてアンブレラ・コーポレーションが彼に拒むことができないほどの好条件を申しでると、空軍を離れた。たしかに合衆国空軍は、彼が育った東テキサスの街よりもましなところだったが、アンブレラ社はその空軍よりもましだった。給料もまし、勤務時間もまし、撃たれる確率もはるかに少ない。

まあ、今日までは。

彼が森のキャビンでくつろいでいると、スーツを着た間抜けをふたり乗せたアンブレラ社のSUVが停まった。ふたりは彼をヘリコプターが待っている空き地へとともなった。

緊急にチームを集めてくれ、彼らはそれしか言わなかった。

「俺は休暇中だぞ。ワンのチームを送れよ」

「ワンのチームはもう存在しない」スーツのひとりが言った。

「だったら、ワードのチームは？」彼は三つのチームの、もうひとりの隊長の名前を口にした。

「やはり存在しない」

カルロスはこの答えにショックを受けて目を見開いた。セキュリティ部門に雇われているコマンド・チームのうち、えりすぐりの連中はワンのチームに集まっていた。ワンが自分自身をばかげたコードネームで呼んでも大目に見てもらえるのはそのためだ。それにワードはもと海兵隊で、ほぼどんな状況でも冷静に対処できる男だ。彼らが扱っていた問題がどんなものにせよ、メレンデスやホーキンス、シュレジンガー、オズボーンなどの隊員どころか、ワンやワードもやられたとなると、それはカルロスが喜んで直面したいものではなかった。

だが、選択の余地はない。

彼はラクーンシティの上空を飛ぶ数機のダークウイング・ヘリコプターの一機に座って、眼下で繰り広げられている地獄のような光景を見下ろした。明らかにハイブを脱出したものが、街をうろついている。アンブレラ社が新たに開発した奇跡のしわ取りクリームの主な成分であるウイルスが、人々を殺したあともその死体を動かして、しゃにむに食料を探させているのだ。

カルロスが子供の頃、働き口を探す父親《パピ》と一緒に一家は頻繁に引越した。少しのあいだ、テキサスのラボックに住んだこともある。そこには、怪物映画しかやらないおんぼろ映画館があった。カルロスとそのときの親友だったジョージ――古い親友の父親はみな同じ仕事を保ちつづけ、常に法の適切な側に留《とど》まっていたから、新しい場所に移るたびに、彼には新しい親友ができた――は、よくフランケンシュタインやオオカミ男、ミイラ、突然変異した昆虫、宇宙人、吸血鬼、そのほか人類を全滅させようとする、ありとあらゆるクリーチャーの映画をよく観にいったものだった。

そのなかには、ゾンビも含まれていた。

ラボックで過ごす最後の夜、カルロスと、父《パピ》と母《マミ》、姉のコンスエラが荷造りをしてサンアントニオに発《た》つまえの晩に、カルロスとジョージは二本立てを観た。『凹凸ミイラの巻』と『ゾンビ』だ。彼はその夜のことをいまでもはっきり覚えている。ジョージと話すのはそれが最後になったこともあって、映画を観たあとのやりとりはとくによく覚えていた。

カルロスは昔からミイラが大好きだった。正直な話、いまでも好きだ。最近観たミイラ映画二本は実に面白かった。長い髪に髭《ひげ》をはやしたかっこいい男はとくに気に入ったが。だがこの最後の夜、ジョージはゾンビのほうが怖いと言い張った。

ジョージは正しかった。こうして上空から見下ろし、ラクーンシティの至るところを、足を引きずりよろめきながら歩いているもの、完全に人間だがまったく人間には見えないものを見て、カルロスはそう思った。

彼は一緒に乗っているチームのメンバーを見ていった。厳しい顔で彼の前に座っているのは、副官のニコライ・ソコロフだ。

残りはたがいに向かい合ったベンチにいる。ヘリのローター音のなかでも会話できるよう、全員がイヤホーンとマイクをつけていた。ヴァージニア州出身のもと警官で常に口の端に爪楊枝《つまようじ》をくわえているJ・P・アスキグレン。カルロス同様、空軍にいたが、たがいにデートできるようにアンブレラ社に加わったジャック・カーターとサム・オニール。ニコライと同じロシア人で、ソヴィエト連邦がなくなる以前はKGBのスパイだったユーリ・ロギノフ。それにこのチームの医者、ジェシカ・ハルプリン。彼女は海軍の医療隊を退職後、アンブレラ社に加わった。

彼らはどんな事態にも準備ができているようだ。

だが、こういう惨事に果たして準備などできるものか？

ダークウイングに乗りこむまえ、彼らはボスのエイブル・ケイン少佐からブリーフィングを受けた。結論から言えば、彼らは損害を封じこめる必要がある。感染のしるしを示した者は収容する。明らかに死亡している場合は、彼らを止めるためには、頭蓋《ずがい》骨か脊髄《せきずい》を破壊するしかない。

ケインがアンブレラ社の不手際で――なぜなら、こんな大惨事は、完全な無能の所産としか説明のしようがないからだ――、とんでもない数の犠牲者がでていることを案じているとしても、そんなそぶりは少しも見せなかった。あいつは血も涙もないクソったれだ。

空軍にいたカルロスに移籍の話を持ちかけたのが、アンブレラ社の幹部ではなくケイン自身だったら、おそらく撥《は》ねつけていただろう。カルロスはケインのような男が嫌いだった。実際、ケインのような人々の存在こそ、カルロスが軍隊をやめ、はるかに安全な企業のセキュリティ部門に移りたいと思った理由だったのだ。

だが、この考えはいくつかの点で間違っていたようだ。

カルロスはダークウイングの横の、あいているドアに顔を向けた。ちょうどオフィスビルの屋上が見えた。

その屋上には階段があった。あいているドアから、そこを駆け上がってくるふたりの人間――男と女だ――が見える。

戸口にたどり着いた男は、女の鼻先でドアを閉めた。

そして屋上の反対側の庇《ひさし》を越え、カルロスの視界から姿を消した。おそらく、その向こうに非常階段があるのだろう。あるいは窓の出っ張りでも伝って下りていくつもりかもしれない。

ドアが勢いよく開き、女が走りでてきた。そのすぐあとを大勢のゾンビが追ってくる。

ブリーフィングのときにカルロスが気になったことのひとつは、生きている人間と生きた死人を、簡単に見分けることができるかどうかだった。

どうやらその心配はなさそうだ。この距離からでも、女がピンピンしていることも、追っ手の群れは完全に死んでいることもはっきりわかる。

カルロスは耳に手をあて、パイロットに言った。「リピンスキー、降ろしてくれ!」

リピンスキーの声がイヤホーンから聞こえた。「だめです」

カルロスは聞かなかった。「降ろすんだ！」

「風が強すぎるんですよ！　ヘリが墜落します！」

「ちくしょう」だが、あの女性を見殺しにはできない。

カルロスはベンチの下に手を入れ、高張力のケーブルを引きだした。片方の端をベルトに留め、まだむっつり黙りこんでいるニコライにロープの残りを渡す。

この大男は、仕事のときはいつも恐い顔をしている。だが、これはたんなる見せかけだった。ニコライは陰気なロシア人というステレオタイプを演じようと決意しているのだ。一家は彼が三歳のときに合衆国に移住したにもかかわらず、彼は強い訛《なま》りすらマスターしていた。

これは指揮下にある隊員には、てきめんに効く。彼らはニコライに、彼の訛りに、物腰に、そして大きさに恐れをなした。カルロスもその気になればかなり人々を威嚇することができるが、ニコライはカルロスよりも恐れられているくらいだ。

だが、カルロスはニコライの本当の気質を知っていた。これはたいてい、ウォッカを五、六杯飲むと現われる。ほろ酔い加減のニコライは、シャツの裾《すそ》を引っぱりだす。実際、シャツの裾がどこまで出ているかで、彼がウォッカを何杯飲んだか正確に言い当てられるくらいだ。訛りがいい加減になり、微笑みはじめる。ときには声をあげて笑うことさえある。

「その端を縛りつけてくれ」

いまのニコライは笑ってはいなかった。「なんだって？」

カルロスは答える手間をかけず、二挺《ちょう》のコルト四五口径をホルスターから引き抜き、ヘリのドアから屋上に向かって飛んだ。

なんとしても、あの女性を助ける。

ニコライのわれ鐘のような声は、イヤホーンから、それにダークウイングのローター音に混じっても聞こえた。「カルロス！　どういうつもりだ！」

風が顔を叩《たた》き、屋上がどんどん近づいてくる。つかの間、カルロスはニコライがケーブルを縛りつけなかったのではないかと心配した。

それからイヤホーンから毒づく声がした。ロシア語だ。はっきり聞こえたのは、〝クョルト〟という言葉だけだったが、万事うまくいくことはそれでわかった。

ケーブルがぴんと張るまえに、カルロスは撃ちはじめた。一発撃つたびに、コルトが手首に当たる。だが、銃弾は狙った的を捉《とら》え、ゾンビを次々に倒していった。

屋上の六フィート上でケーブルがぴんと張った瞬間、みぞおちに必殺パンチを食らったような衝撃がきた。が、カルロスはそれを無視し、ベルトの解除装置を叩くあいだだけ撃つのをやめ、残りの六フィートを屋上へと落ちて両足で着地した。

脹脛《ふくらはぎ》を突き刺すような痛みにはかまわず、彼は再び引き金を引きはじめた。コルトの銃声は、ダークウイングのローター音と、耳のなかで聞こえる卑猥《ひわい》なロシア語に呑《の》みこまれた。

二挺のコルトが同時に弾切れになったとき、屋上に立っているのは、カルロス以外には、彼が救出しようとした女性と——

——一体のゾンビだけだった。

ダラスにいたとき、カルロスは武道のクラスを取ったことがある。結局、修了まで通うことはできなかったが、ひとつだけあっという間にマスターした技があった。スピニング・ヒール・キックだ。ラボックでジョージと一緒に観た古い映画で誰かがこの蹴《け》りを決めるのを見て以来、彼は絶対あれができるようになろうとひそかに決めていたのだった。そこで、そのクラスに入ると、彼は最初にそれを学んだ。そしてパピがまたしてもしくじりオースティンに引越すことになるまえに、この蹴りがすっかり得意になっていた。

そのスピン＝キックが、満足のいくボキッという音とともに、首の骨を折ってゾンビを倒した。

イヤホーンを通じて、チームの残りをせきたてるニコライの声が聞こえる。彼らは一分たらずで屋上の彼に合流するだろう。

あの女性はどうした？　彼はそれを確かめるために振り返った。彼女は片腕を抱え、危険なほど屋上の端の近くに立っていた。さきほど彼女の目の前で階段のドアを閉めた男が消えた場所に近い。

「もう大丈夫だ」カルロスはゆっくり言った。「そこから離れたほうがいい」

風はまだかなり強かった。リピンスキーがダークウイングをここに降ろしたくなかったのももっともだ。この女性が強風にあおられて屋上の端から落ちるのを、彼は半分心配した。

だが、女性はそこを動こうとせず、屋上の端から下を見た。通りまでは少なくとも二〇階。落ちればまず助からない。今日のラクーンシティでは、もう充分な人々が死んだ。その数を増やす理由はない。

「こっちに来るんだ」彼は言った。「大丈夫だよ」

「いいえ」女性はうつろな声で言った。「大丈夫じゃないわ」

彼女は片方の腕を差しだした。前腕と手首に嚙《か》み傷がある。それを見て、彼の胃はよじれた。

「嚙まれたらどうなるか、いやになるほど見た。そうなったら自分ではどうにもできないのよ」

カルロスの後ろでは、チームの残りが懸垂下降でダークウイングから降りてくる。

「われわれが助ける」カルロスは安心させようとそう言ったが、実際に助けられるという自信があるわけではなかった。彼らの任務は、感染したがまだゾンビになっていない状態の人々を収容することだ。ケインが采配《さいはい》をふるっているとあっては、彼らが万全の手当てを受けるという確約はできないが、少なくとも助かるチャンスはある。

その女性は首を振り、一歩さがった。

カルロスは自分がスローモーションで動いているような気がした。その女性はなんのためらいもなく縁を越えた。あまりに唐突なこの行動は、完全にカルロスのふいを衝《つ》いた。

彼はわずか一秒弱で屋上の縁に達したが、一時間遅れたとしても、結果は同じだった。彼が救ったと思ったさきほどの女性は、下の通りに叩きつけられていた。

「なんてこった」

ニコライの声だった。大男はカルロスの隣に立っていた。いつもは険しい顔に、恐怖が浮かんでいる。アスキグレンがそのすぐ後ろであんぐり口をあけ、爪楊枝《つまようじ》を落とした。

おそらく俺の顔にも、同じ表情が浮かんでいるにちがいない。カルロスはそう思った。

「まったくひどい休暇だ」彼はつぶやいた。

「なんだって?」ニコライが尋ねる。

カルロスは首を横に振った。「べつに。行くぞ」

第二章　変　異

1

アリス・アバーナシーは、下着をつけずに目を覚ました。これで二度目だ。それもわずかな間に。

だが、今回はシャワーカーテンの代わりに、薄っぺらくて短い病院のガウンを着ていた。

それに今回は、自分の名前も、職業もちゃんと覚えている。何が起こったかも。

シャワーの代わりに、何かが彼女を打っていた。

いや、打たれているのではない。取りつけてある。

針が。彼らは私の体に針を入れたんだわ！

針は両脚と上半身、両腕、頭に入っていた。

彼女は上半身を起こした。

ズキン！

頭が真っ白になるようなひどい痛み、焼けるような痛みが、体のあらゆる細胞を襲う。

彼女は左腕から針を引き抜いた。

それを引き抜くときは、信じられないほどの激痛が来た。

だが、まもなくそれは弱くなった。

これに励まされ、今度は右腕の針を引き抜く。

同じことの繰り返しだ。ひどい痛みが襲い、ほとんど耐えられるまでにおさまる。

頭の両横に刺さっている針は、最後に残した。

目をさました直後の痛みも言葉に尽くせぬほどひどいものだったが、頭の横から思い切って針を引き抜いたときの痛みは、その何千量子倍もひどかった。

白熱の苦痛がずきずきと脈打つ深い痛みにおさまると、アリスは周囲を見まわした。

彼女が横たわっていたのは、半ダースばかりのライトに照らされた診察用のベッドだった。いまはその横の床にいる。

足が動かない。

体からむしりとった針のコードは、どれも天井に伸びていた。

ライトにドアがひとつ、先端に針のついたコードに診察台のほかは、何もない白い殺風景な部屋だ――鏡をのぞけば。

あの鏡は、マジックミラーに違いない。

アリスはどうにか立ち上がった。両足はどうすれば動くのか覚えていないようだった。よろめきながらも〝鏡〟に達すると、彼女は拳《こぶし》を突き入れた。助けを呼ぶために。

だが、誰かがこの音を聞きつけたとしても、なんの応答もなかった。

どれくらい意識を失っていたの？

マットはどこ？

ほんとうにケインはあんなことを言ったの？　あれほど多くの人々が死んだあと、ハイブを再開するほど彼は狂っているの？

アリス・アバーナシーは、何もかも思い出した。T・ウイルスについて読んだこと。なんとかする必要があると思ったこと。リサ・ブロワードに会ったこと、アンブレラ社の卑劣な活動を暴露したがっている人々に、彼女を通じてT・ウイルスに関する情報を与えると約束したことも。

スペンスとのセックスも思い出した。目が覚めると、彼の姿はなく、シャワーを浴びている途中で神経ガスにやられた。気がつくと記憶を失っていた。そしてワンと彼のチームの隊員たち、同じく記憶を喪失しているスペンス、マット・アディソンというラクーンシティ警察の警官とハイブに入った……。

まもなく、T・ウイルスを解き放ったのはスペンスであることがわかった。それにマットは警官ではなく、ハイブの外にいたリサの仲間で、アンブレラ社を潰《つぶ》そうとする組織の一部だった。

ワンとチームの隊員は次々に殺されていった。ワン自身、ダニロヴァ、ワーナー、ヴァンスは、ハイブの保安システムにやられた。カプランとスペンスは〈舐めるもの《リッカー》〉にやられた。J・Dとレインはハイブで働いていた人々のなれの果て、歩く屍体《したい》に殺された。

〈舐めるもの〉を殺したあと、彼女はマットと一緒に脱出したものの、ケインに捕まった。

ほかのことも思い出した。アンブレラ社のあらゆる保安ドアに使われているカード式ロック・メカニズムには、設計上の欠陥がある。彼女はそれを指摘したメモを、エイブル・ケインあてに書いたのだ。先端の尖《とが》ったもので正しい場所を突けば、回路が分断され、ドアが開く、と。

ケインはそのメモのことにはまったく触れなかった。彼のことだ、おそらくまだ何の対処もしていないにちがいない。ケインは自信過剰の傲慢《ごうまん》な男だ。

アリスはさきほどまで腕に刺さっていた血だらけの針をひとつつかんだ。それをカード式読み取り機のなかに滑りこませ、根気よくあちこちを突《つつ》くと、ドアがあいた。

やはり彼は対処していなかった。

クソったれ。

廊下にでると、ここはラクーンシティ病院であることがわかった。彼女がいた棟はアンブレラ社が寄付したもの。だいたいにおいてアンブレラ社が自分たちの目的に利用している。

廊下には誰ひとりいなかった。

医者も、看護師も、患者もいない。

何もない。誰もいない。

静寂が耳を聾《ろう》するようだった。人間が活動している様子がまったくないばかりか、その可能性をしめすしるしすらない。

クローゼットの前を通過しながら、医者の上着をつかみ、薄物のガウンに重ねる。

やがて正面のドアを見つけ、外にでた。

そこの光景は、ハイブで見た地獄が公園のピクニックに思えるほどひどかった。

通りには、バス、車、自転車、オートバイ、ニュース報道車——ありとあらゆるものが乗り捨てられ、ひしゃげている。

歩道の敷き石が割れ、ゴミ箱が引っくり返っていた。建物のガラスも割れ、正面の壁はひびだらけだ。ゴミが散乱し、街灯の柱が倒され、煙と炎が上がっている。

どこを見ても血だらけだ。

だが、死体はひとつもない。

アリスは裸足《はだし》の足をおっかなびっくりのろのろと前にだして、舗装がひどく割れている場所や、石やガラスの破片をできるだけよけて道路を歩きだした。

近くの新聞スタンドには、《ラクーンシティ・タイムズ》の夕刊がいくつか広げてあった。第一面には、〈屍体が歩く!〉という活字が躍っている。

クソったれケインたちはハイブを開け、感染した雇用者たちを街に放したのだ。

なんてやつら。

とはいえ、アリスはまだ誰も見ていなかった。生きている者も、死んでいる者も。

生きた屍体も。

だが、この状態がいつまでも続かないのはわかっている。

壊れて放置されている何十台もの乗物のうち、二台はパトカーだった。近くの一台を確認し、次を調べた。

探していたものは二台目にあった。

ショットガンだ。

弾は?

たっぷりある。

アリスは弾を装塡《そうてん》した。

2

「それはこよなくよき時代でもあれば、ひどく悪しき時代でもあった」ジル・バレンタインは車を捨てながらそうつぶやいた。

チャールズ・ディケンズの『二都物語』にあるこの言葉を思い出したのは、ラクーンシティ警察本部から烏門橋《レイヴンズ・ゲート・ブリッジ》に——いや、橋に至る道路に——来るあいだに目撃した光景のせいだった。

ラクーンシティの一部は、まだ人々でいっぱいだ。その多くが街を立ち去ろうとしているか、ゾンビから身を守ろうとしている。

だが、完全なゴーストタウンとなってしまったところもあった。そこにあるのは乗り捨てられた車、がらんとしたビルだけで、どちらもひどい二次的な損害が見られる。ポルシェを通過させるのがやっとの場所もあった。SUVを持っていればよかった、と初めて思ったくらい。だが、街のなかでオフロード車を乗りまわすのは愚か者だけだ。

とはいえ、これは彼女もよく知っていることだが、世界は愚か者に満ちている。

橋に至る道路は、乗り捨てられた車でいっぱいだった。そこを走り抜ける方法はまったくない。

　幸い、車を捨てられない理由もなかった。ポルシェは好きだが、たんなる物だ。砂岩の建物とポルシェを遺《のこ》してくれたのと同じ伯父が、新しいものを買えるだけの銀行預金も遺してくれた。

　いまの彼女に必要なのは、肩と太腿《ふともも》のホルスターにおさまっているオートマティックと、ポルシェのダッシュボードから取りだしてポケットに突っこんだ煙草、預金をおろすのに必要な財布のなかのカードだけ。ほかのものは――服もトロフィーも、ビリヤード台も、CDも、それに、そう、バッジも――取り替えがきく。

　橋のラクーン側は乗物でいっぱいだった――皮肉なことに、そこにはSUVが何十台も混じっていた――が、烏門側も徒歩で街から出ようとしている人々であふれていた。

　どうして彼らはさっさとその先に進まないのか？　ジルのこの疑問に対する答えは、烏門側の橋の入口を注意深く見るとすぐにわかった。そこに大きな壁が作られているのだ。そして蛇腹形鉄条網《レーザーワイヤ》で覆われた壁の前には、ハズマット・スーツ姿の人々と、大きな銃を手にした人々がいた。

　コンクリート製らしいその壁の先に行く方法はただひとつ、橋が終わるところにある狭い門を通過するしかない。

　苛立《いらだ》たしいことに、その壁も、ハズマット・スーツの連中も、銃を持った連中も、みなアンブレラ・コーポレーションのロゴをつけていた。

なるほど。

いえ、待って。全部ではない。人々を押しのけて近づくと、ラクーンシティ警察の制服警官が何人か混じっている。だが、彼らがたんなる〝手伝い〟であることは、一見して明らかだ。

このショーを取りしきっているのはアンブレラ社だ。

警察も政府も作る必要などない。アンブレラ社にすべてを任せればいい！

アークレーのあとの経験で感覚が麻痺《まひ》していなければ、目の前のあからさまな力の乱用を見て、吐き気がこみあげたにちがいない。

だが、いまはとにかくこの、〝無法者の群《ドッジシティ》〟から離れたいだけだった。いまにして思えば、停職になった直後に街を出るべきだったのだ。仲間の応援が頼みにできない警官は、生き延びることなど到底無理なのだから。

ラクーンシティ警察やヘンダーソンほかのお偉方は、彼女を応援しなかった。それどころか彼女をアンブレラ・コーポレーションの高級スーツに身を包んだオオカミたちの群れに放り投げた。

警察の連中には、何ひとつ借りはない。だからこの街を出る。

人々を掻《か》き分けて進めば、それができる。

橋のたもとには医療ステーションが設置され、医者がひとり、烏門側の門に近づく人々を調べていた。その医者をアンブレラ社の〝用心棒〟が守っている――

そのひとりはS．T．A．R．S．の制服を着ていた。

「ペイトン！」ジルは叫んだ。だが彼女の声は、門の向こうに行くために医者の診察を待っている人々の話し声にかき消された。

さらに人々をかき分けて進むと、診察をしている医者が見えた。白人の男性、まだ二〇代後半だが、彼の顔には、ジルのよく知っている表情が浮かんでいた。大事件を抱え、まったく眠らず、コーヒーと煙草と、不屈の精神の名残だけで事件の三日目を迎えた殺人課の警官の表情と同じだ。この医者は疲労のきわみに達し、いまにも倒れそうだが、気力だけでもちこたえている。

その献身は賞賛に値する。

自分には、それだけの気持ちがないことが残念に思えた。

その医師は、ひとりの男と女性と子供――おそらく家族だろう――を見ていた。「彼らは感染していない」彼は実際より三倍も年をとった男のような、しゃがれた声で言った。「通してやってくれ」

アンブレラ社の男がふたり、三人を門へとともなう。

「次」医師が言った。

人間の波が、前へと押し寄せた。警官とアンブレラ社の男たちがどうにかそれを止める。

ジルはその波に運ばれ、彼女のボスへと近づいた。

ペイトン・ウェルズは、ジルの直接の上司だった。彼の直接の上司、あの卑劣な臆病者《おくびょうもの》のヘンダーソンとは違って、アークレー事件のあと、「ジル・バレンタインは、でたらめの報告書を書くような警官ではない」と、ジルを必死に弁護してくれた男だ。彼はどんなときでも部下を信頼する上司だった。部下も彼を信頼していた。S.T.A.R.S.のようなストレスの大きなチームでは、そういう忠誠が必要なのだ。

だからこそ、お偉方がこの忠誠をまったく無視したことが、ジルをこれほど傷つけたのだった。まあ、彼らには理解できなかったのかもしれない。

警備の男たちが老人と一〇代の娘を通す。

「ペイトン！」さきほどよりだいぶ近づいたジルは、もう一度叫んだ。

今度は、彼女の声はペイトンに届いた。彼女を見たとたん、見慣れた厳しい表情に安堵《あんど》が浮かんだ。「バレンタイン！」彼はアンブレラ社の男を見て、彼女を指さした。「あの女性を通してくれ。彼女はラクーンシティ警察の人間だ——私のS.T.A.R.S.のひとりだ」

男は顔をしかめた。「制服を着ていないぞ」

ペイトンはあきれて目玉をくるっと回した。「ああ。私が非番のときに屍体《したい》が歩きまわり、街を大混乱に陥れているのを見たとしても、まっ先に着ている服の心配をするだろうな」彼は皮肉たっぷりにそう言い返した。「いいから通せ」

ジルは男たちが彼女のために道をあけるのを見て微笑した。

「君が来てくれてよかった」彼は言った。「手伝いはひとりでも多いほうがいい」

彼女はここに来たことを喜んではいないし、手を貸す気もなかったが、ペイトンにそれを言う気にはなれない。

彼女が答えるまえに、医者が診ていた老人が倒れた。

「ああ、たいへん」娘が涙声で叫んだ。「パパ！」

警備員たちと医者はぼんやり立ち尽くしていたが、娘はひざまずいて老人のシャツをゆるめはじめた。

なんて情けないの。ジルはそう思った。訓練を受けたプロより、この娘のほうがよほど良識がある。

「息が止まってるわ！　心臓よ！　心臓が弱いの！」

これを聞いて、ジルは娘の素早い反応に納得した。おそらくこの娘は、同じような発作に対処した経験があるのだろう。

だが、彼女が老人に口をつけ、人工呼吸をはじめたとたん、医者がわめいた。「彼から離れなさい！」

医者の指示を無視して、娘は必死に人工呼吸を続けた。口から空気を吹きこみ、心臓を押し、再び口から……。

医者はペイトンを見た。「彼女を離すんだ」

苛立たしげなうなりをもらしたものの、ペイトンは手を伸ばし、娘を父親から離した。

ジルはうんざりした。必死に父親の命を救おうとしているだけの娘を、こんなふうに扱うなんて。一刻も早く、このごみための場所を出なくては。

娘はペイトンの逞《たくま》しい腕のなかでもがいた。「やめて、離して。パパを——」

突然、老人がぱっと目をあけた。

門に歩み寄ったときの老人の目は褐色だった。

いまは乳白色だ。

ああ、クソ。

老人とは思えぬほどの速さで起き上がると、彼はペイトンの脚に嚙《か》みついた。

「あう！」ペイトンが思わず叫ぶ。

パニックにかられた群衆が前に押し寄せる。

ジルはオートマティックを引き抜き、老人の頭に一発撃ちこんだ。

娘が悲鳴をあげた。「だめ！　パパ！　パパ！　どうしてパパを殺すの！」

「もう死んでいたのよ」ジルは答えた。

娘はアンブレラ社の警備員のひとりを突き飛ばして走り去った。群衆を止めるために、べつの警備員が倒れた男の場所に進みでたが、混乱はひどくなるばかりだった。

ジルは倒れた警備員の頭からヘッドセットが落ちたのに気づいて、それを拾い上げ、頭の霞《かすみ》を払うように首を振っている持ち主に返そうとした。すると、イヤホーンから声が聞こえた。

「少佐？」若い声だ。

次に聞こえた声にはドイツ訛《なま》りがあった。「ここです。門のところに達しました」

三番目の声は尊大な感じだった。「よろしい。では、選択の余地はないな。とにかく封じこめねばならん」

ドイツ人が言う。「門を閉じろ」

若い男、「はい？」

ドイツ人、「門を閉じろ」

若い男、「しかし、会社の人間がまだ向こう側にいます！」

ドイツ人、「いいから閉じろ」

ジルは壁を見上げた。門が閉まりはじめた。

「クソ、ひどい痛みだ」

ジルが振り向くと、ペイトンだった。さきほどの傷はそのままだ。医者の姿はどこにも見えなかった。

逃げたのだ。

そこには、救急箱が残されていた。ジルは急いでそれをつかみ、ペイトンの傷にすばやく包帯を巻いた。あんな老人に、パンツの上から皮膚を食いちぎるほどの力があるとは、まったく驚きだ。

彼女は包帯を結んだ。「ああ、ペイトン、さっさと逃げればよかったのに」

「これはわれわれの市民だぞ、ジル」

ジルは鼻を鳴らし、首を振った。どこまでも忠実な男だ。彼もクィンも。ふたりともたぶん勲章をもらうだろう。

だが、死んでからでは、それがなんの役に立つ？

「そこをどいて！　私は有名人よ！　どきなさい！」

驚いたことに、このセリフが功を奏し、パニックに陥ったラクーンシティの市民たちが、実際に二手に分かれ、威勢のいい女性を通した。見覚えのある顔だ。テレビ局のレポーターだが、どの局だか思い出せない。タミー・モレヘッド？　テレサ・モアハウス？　たしかそんな名前だった。

頭上で誰かががなりたてた。ジルが見上げると、アンブレラ社の間抜けのひとりが、マイクを手にして壁の上に立っていた。

「ここはバイオハザード隔離エリアです」

その男にはドイツ訛りがあった。さきほどの会話の男だ。

「どういうこと?」レポーターが上に向かって叫んだ。

男はこの質問を無視し——まったく聞こえていないのかもしれない——同じ言葉を繰り返した。「ここはバイオハザード隔離エリアです。感染拡大の危険があるため、あなた方はこの街を出ることはできません」

「いったいなんの話?」レポーターが問い詰めた。

あの男には聞こえないのよ! ジルはもう少しでそう叫びそうになったが、その価値はないと判断した。

「あらゆる適切な処置が取られています。われわれはこの状況を制御下においています。自宅に戻ってください」

こんなに愚かな言葉でなければ、ジルは笑いだしたことだろう。実際、笑いかけたくらいだ。笑いでもしなければ、自分の銃に嚙みつくしかない気持ちだったから。

自宅に帰れ、ですって? ふん。いまのラクーンシティは墓地だ。しかも一秒ごとに新しい墓が増えていく。あの門を閉じたことで、このクソったれ野郎は、こちら側にいる人間のすべてに死刑を宣告したのも同じだった。

しかもそれを充分承知しているばかりか、気にもしていない。

典型的なアンブレラ社の社員だ。

市民たちはこの指示に少しばかり腹を立てた。

「家に戻れだと？」

「気でも狂ったのか？」

「どの家だ？」

「ここを通せ！」

人々は前に押し寄せた。わずかな数の警備員と警官では、絶望にかられた群衆の勢いを抑えるのはとても無理だ。

いや、ひょっとすると、警備員も警官も市民と同じ窮地にあることが、抵抗を弱めているのかもしれない。なんと言っても、彼らもこちら側に閉じこめられたのだから。

「ここはバイオハザード隔離エリアです。自宅に戻ってください」

あの男の背中には、それを引っ張ると同じセリフが口をついてでる紐《ひも》でもついてるの？

ジルはちらっとバカなことを思った。

ペイトンは脚に傷を負っているにもかかわらず、まだ人々を食いとめ、落ち着かせようとしている。

その姿に、本部にいた実直なクィンの姿がダブった。

〝これはわれわれの市民だぞ、ジル〟

〝まだ勤務時間が残ってる〟

クソ。

彼女は壁に向かって叫んだ。「ここにはケガ人もいるのよ！　医者の手当てが必要だわ！」

ドイツ野郎はメガホンをおろし、MP5Kらしき自動銃を取り上げてこれに応《こた》えた。

彼はつづけざまに一二発、空に向けて放った。

すべての音と動きが止まった。

男は再びメガホンを取りあげた。「一五秒以内に踵《きびす》を返し、街に戻りなさい」

六人の警備員が壁に上がってきて男の周りに立つ。さきほどヘッドセットから聞こえた若い声は、あのなかの誰だろう？　彼らもMP5Kを持っていた。

ドイツ訛りの男は隣にいる男にメガホンを渡した。

「我々は実弾の使用を許可されている」

彼だ――ヘッドホンから聞こえた若い声だ。

「市民を撃つことなどできないわ！」レポーターが叫んだ。

テリ・モラレス、ええ、それが彼女の名前だ。ジルはモラレスが裏づけも取らずにミラー市会議員の汚職を暴露してしくじるまえ、何度か彼女と話したことがあった。あの一件のあとで、彼女は天気予報の担当に格下げになった。クビになっても文句は言えないところだ。あの悪党の暴露をしくじるような人間には、ニュースを報道する資格などない。

彼女が言ったことについては、ジルはとくに心配していなかった。あの壁の上にいるのは、たんなる企業の警備員たちだ。たしかに企業は冷酷だし、ときどきひどいこともする。しばしば非情でもあるが、決してサディスティックではない。

「一五……一四……一三……一二……」

ドイツ訛りの男が壁の男たちにうなずいた。全員がライフルを構える。

「一一……一〇……」

ペイトンがジルを見た。「あいつの言葉ははったりじゃないぞ」

「九……八……」

ジルは信じられなかった。「まさか、市民に発砲するはずがないわ」

「七……六……」

「彼らをさがらせろ」

理由はともかく、ペイトン・ウェルズは、警備員たちが群衆に向かって発砲すると確信していた。

誰も私の判断を信じようとしなかったときに、彼だけは信じてくれたわ。

それに、あのドイツ訛りの男が橋の門を閉ざす許可を得ているとすれば、罪もない人々に発砲する許可を得ていても不思議はない。彼らはすでに死んでいるのも同じなのだから。

「行って！」ジルは叫んだ。「壁から離れて！」

ペイトンも叫んだ。ほかの警官たちもそれに倣う。

アンブレラ社の警備員たちも彼らを見倣い、人々を押し戻し、壁から離れさせようとした。

「三……二……」

「一……」

壁の上にいる男たちが、下の人々に向かって、一斉に引き金を引いた。

3

ティモシー・ケインは、自分がたったいま撃つように命じた人々の悲鳴などまるで聞こえていないように、顔色ひとつ変えず、ギディングスを伴って金属の階段を、ベースキャンプへと下りていった。

彼はヘッドセットに向かって報告した。

「烏門は確保しましたが、ついさっき街にいる第一チーム、第二チームとの接触が失われました。第三チームから第七チームまでは完全に撤退しました」

「封じこめられる見込みはあるかね?」

「いいえ。抑制手段は失敗しました。封じこめることはできません。感染は誰もが予想しえなかったほどの速さで広まっています」

「それは確かだな」電話の相手はため息をついた。「よろしい。君の提案どおり、ネメシスを使うしかあるまい。以上」

ケインはうなずいて、ギディングスに顔を向けた。彼らは数十の膨張式ワークショップのひとつに近づいていった。これはここを仮の基地に定めた直後、大急ぎで設置されたものだった。側面には、会社のロゴであるUがどれもはっきりと入っている。

ケインは湾岸戦争で、完璧に遂行されたにもかかわらず、完璧な作戦が失敗するのを何度か見たことがあった。原因は砂漠だった。砂漠は文字通り大自然の力だ。そういう環境のもとでは、人間の立てた作戦は必ずしも成功するとはかぎらない。

彼の上官だった中尉は、口癖のようにこう言っていた。「いつか砂漠が勝つぞ」

今日は砂漠が勝っていた。

彼らの作戦は計画どおりに行なわれた。だが、T・ウイルスは制御が利かなくなった。彼はギディングスに命じた。「C89を準備しろ、空中に散布しろ。ネメシス・プログラムを実行しろという命令が下った」

ギディングスはうなずいて離れていった。ヘリコプターの発着場に向かう途中、ケインは車椅子に乗ったチャールズ・アシュフォード博士に気がついた。

ケインがこれほど多額の給料をもらえるのも、ひとつにはアシュフォードがいるからだ。アンブレラ社に多額の利益をもたらしている契約——その多くは極秘だが——の多くは、アシュフォードの天才的な閃きによるところが大きい。

まあ、今日の惨事も、この閃きに関わりがある。

アシュフォードは、VIP待遇を受けていた。ケインは上司に、アシュフォードを、ラクーンシティとその周辺にいる誰よりも重要だと言われている。アンブレラ社のほかの優秀な科学者たちと一緒に、アシュフォードを今朝、街から脱出させたのはそのためだった。門が閉じる少しまえ、ケインは彼らをここから数十マイル離れた安全な場所に移せという命令を下していた。ラクーンは安全ではない。科学者たちは守る必要のある財産だ。

アシュフォードは、ケインを苛立《いらだ》たしげに見ていた。

「アシュフォード博士」

「いまの銃声はなんだったのかね？」

「科学部門が心配する必要のないことです。とうにヘリに乗ったと思っていましたが？」

「私はどこへも行かん」

ケインは苛立ちを隠そうとした。まったく、この非常時にわがままにもほどがある。彼はSUVが駐まっている場所に目をやった。空いているスペースが、一台だけ戻っていないことを告げている。

「博士、私はあなたやほかの科学者を、危険区域から移すようにという命令を受けています。あなたはアンブレラ社にとっては非常に重要な方です。危険な目に遭わせるわけにはいかないのです」

「娘が来るまではどこへも行かん」

そういうことか。アンジェラ・アシュフォードを迎えに行ったスタインとフリードバーガー兄弟のどちらか――彼はどっちがどっちかどうしても覚えられなかった――が、任務に失敗したのだ。この男の娘はまだラクーンシティにいる。

　つまり、彼女は死んでいる。

　だが、それを父親に説明するのは……。

「たいへんお気の毒ですが、街は封鎖されました。たとえお嬢さんがまだ生きているとしても、街から出すわけにはいきません。いまは無理です。感染の危険が大きすぎます。どうかご理解ください」

「そもそもどうしてこんなことが起こったのか、私には理解できん。なぜあのウイルスが外に漏れたのだ？」

　ケインは首を振った。「私にはわかりません」

　これは嘘ではなかった。わかっているのは、T・ウイルスがハイブ内に放たれた日時、それとアリス・アバーナシーがそのとき、マンションでシャワーを浴びていたことだけだ。それがわかったのも、マンションに設置してあった監視カメラが、赤の女王により遂行された破壊行為を免れたからだった。

　アバーナシーが無実であることは、さらに多くの疑問を生んだ。

　ほかの科学者たちはひとり残らずヘリに乗っている。ケインはそれを確認した。

「ここに残っても、できることは何もありませんよ、博士」

「私はここにいる」

ケインはアシュフォードを担いでヘリに乗せたい衝動にかられ、どうにかそれをこらえた。そんなことをして、アシュフォードがお偉方に報告すれば——この男がそうすることは、まず間違いない——、ケインのクビは即座に飛ぶ。

アシュフォードがここに留《とど》まりたければ、それを許すしかない。だが、ケインは彼を好き勝手にさせるつもりはなかった。

彼はヘリのパイロットに離陸しろと合図を送り、それからギディングスを呼んだ。

「はい、少佐？」

「アシュフォード博士をワーク・エリアDにお連れしろ」これはテントのひとつだ。そこには作業できる場所と、アンブレラ社の衛星にリンクしているコンピューター、それに簡易寝台と本棚がある。多少は気をまぎらすことができるだろう。来るはずもない娘を待っているあいだに、ひょっとすると少しは仕事もできるかもしれない。

「はい、少佐」

ギディングスはアシュフォードの後ろに回り、指示されたテントのなかへと車椅子を押していった。間もなく彼はテントから出てきて、それを閉ざし、最近採用されたノイスという隊員を呼んだ。

「警護しろ」ギディングスは命じた。「博士はここに留まる」

「はい、隊長」ノイスは如才なく答えた。

ケインはうなずいた。

彼はヘリの発着場の向こうに設置された司令センターに向かった。ラクーンシティでは大勢が行方不明になっている。ワンとそのチーム、ワードとそのチームを失い、五〇〇人に及ぶ社員を失ったばかりか、第一、第二チームとも連絡がつかないこの状態に、ケインは苛立ちを感じはじめていた。

アンブレラ社は、この後始末にかなりの出費を強いられることになる。

4

アリス・アバーナシーには、この街が微妙に違って見えた。

色がこれまでよりあざやかになり、細かいところまで見てとれる。形もはっきり見えた。それに、これまでより遠くまで見える。

悪党どもが、何かしたにちがいない。

彼女がマンションで鎮静剤を注射されてから、病院で目を覚ますまでのあいだに。

それがなんだか見当もつかないが、そのために彼女は変わった。

これまでの経過からして、アンブレラ社がよいことをするとは思えない。

街の通りを歩いても、ほとんど人に会わなかった。生きている者も少しはいる。悲鳴をあげ、逃げ惑っていたから、彼らは簡単に見分けがついた。歩く屍体《したい》もいた。

ときどき、生きている人間と屍体がつかみあっているのを見かけた。それが近い場合は、生きているほうに〝屍体の首を折れ〟と叫び、武器を持っていれば、〝頭を狙え〟と叫んでやった。

遠い場合は、パトカーから調達したショットガンで、屍体の頭をぶち抜いた。

助けた人間に感謝されるのはまれだった。彼らのほとんどが、夢中で走り去った。

まあ、それも無理はない。病院のガウンを着てショットガンを手にした女と、誰が一緒に過ごし、おしゃべりしたがる?。

ラクーンシティの破壊された通りを歩きながら、彼女は人間の貪欲《どんよく》さにほとほと愛想がつきた。

この悪夢を生んだのは欲だ。

まず、アンブレラ社の欲が、愚かな虚栄心につけこむ、しわ取りクリームの成分としてT・ウイルスを生みだした。そしておそらくは、最高の値をつけた競り主に売る恐ろしい生物兵器として。

次いで、欲にかられたスペンス・パークスが、最高値をつける競り主に売りつけようとT・ウイルスとワクチンを盗みだしたために、ウイルスはハイブ全体に広がった。スペンスは自分の仕業であることを隠すため、何の手段も講じず五〇〇人もの人々を死に至らしめた。

いまにして思えば、こうなることはわかっているべきだった。ふたりが初めて会い、偽りの夫婦としてあのマンションを守る仕事についたときから、あの男は自分が欲深であることを率直に認めていたのだから。アンブレラ社のセキュリティ部門が申しでた給料に引かれて、すぐさまシカゴ警察の仕事を捨てた、彼はそう言ってはばからなかったのだ。

だがアリスは、彼がベッドのなかでいかに素晴らしく、夫役をいかに巧みにこなすかをのぞけば、彼に大して注意を払わなかった。彼女の訓練が、直観が、仕事が、滑らかな表面の下にある本質を見抜くべきだったにもかかわらず、だ。

実際、少しまえにこう言ったのは彼女自身ではなかったか？〝本を表紙で判断するな。これがセキュリティ部門のいちばん重要なルールよ〟

アリスの直観は、ほかの点ではよく働いてくれた。だが、スペンスに関しては役に立たなかった。

そのスペンスは死に、ハイブの従業員たちも全員が死に、レインも、ワンのチームに所属していた残りの隊員も死んだ。ラクーンシティの市民の半分が死に、残りの半分ももまもなくあとを追うことになる。マットがどうなったのか、彼女には見当もつかない。何もかも、欲のせいだ。

それと、愚かさの。エイブル・ケインという男の。

アリスは彼を知っている。この一件には彼の指紋がべたべたついていた。まったく、なんという間抜けな男か。口を開けば、効率を問題にするわりには、あの男の計画は常にずさんで、無謀きわまりない。決して二次的な損害を考慮に入れないため、しばしば非常事態が起こり、最悪のシナリオが現実になる。

今回も、間違いなくその例のひとつだ。

アリスがマンションで最後に聞いたケインの言葉では、彼はハイブを再び開くと言っていた。これはあの状況で取りうる最も愚かな行動だった。

アリスは目的もなくラクーンのダウンタウンをさ迷っているつもりでいたが、ある角を曲がり、名もない脇道に入ったとたん、自分でも意識せずに特定の場所に向かっていたことを知った。

彼女は一〇段上に入口があるビルの前で足を止めた。その入口を入ると、三つのドアがあった。ふたつは地下にある店に至るドア――新聞のスタンドと、フローリングの店だ。三つ目はアパートのロビーに入る。その階段の隣にはもうひとつ階段がある、これを下りると〈チェ・ブオノ〉と慎《つつ》ましい装飾文字で書かれたドアにたどり着く。

アリスがこのまえラクーンのダウンタウンで過ごしたのは、リサ・ブロワードと昼食をともにしたときだった。赤の女王と名づけられた大きなコンピューター・ネットワークのセキュリティを維持するリサは、もと同僚の死に関連して、アンブレラ社に個人的な恨みを抱いていた。それを知ったアリスは、アンブレラ社が合衆国の法律をおかし、国際法をおかし、合衆国が長年のあいだに調印してきた様々な協定をおかすT・ウイルスの開発に従事している事実をすっぱ抜くのを手伝ってくれ、とリサにもちかけたのだった。

そのときは知らなかったが、リサの兄マット・アディソンは、アンブレラ社の悪徳を暴こうとする秘密グループの一員だった。リサは兄に頼まれ、アンブレラ社に潜入していたのだった。

だが、これもスペンスの欲のせいで台無しになった。リサはT・ウイルスを手に入れ、マンションでマットに会って、兄にそれを引き渡す段取りをすっかりつけていた。だが、マットはウイルスを手に入れるどころか、スペンスが引き起こした悪夢のなかに飛びこむはめになった。

アリスが〈チェ・ブオノ〉を見つけたのは、バレンタインの日だった。カップルを祝うこの特別の日にひとりでいる自分が惨めで、彼女はダウンタウンをあてもなく歩いていた。〈チェ・ブオノ〉は、レストランをはじめるためにこの国に移民してきたフィグリア一家が経営する、イタリア料理店だった。アリスはようやくこの店で、空いている——それもひとつだけ——テーブルを見つけた。そしてそれまで食べたこともないほどおいしい食事にありついた。

フィグリア一家が無事でいるかどうか確かめたくて、彼女は足もとに気をつけながら階段を下りた。

店のなかはひどいありさまだった。六つあるテーブルはすべて引っくり返り、椅子は吹っ飛んで、ほとんどが壊れていた。壁に飾ってあるイタリアの写真は傾いているだけでなく、床に落ちているものもあり、ほとんどが損なわれていた。この店の自慢だったフィレンツェのヴェッキオ橋の絵が血まみれになっているのを見ると、胸が痛んだ。

だが、死体はひとつもなかった。これはよいしるしだろうか？　それとも悪いしるしか？

それから物音がした。

キッチンのドアが開き、四人が足を引きずりながら出てきた。

この店の接客主任であるアンナ・フィグリア。

料理を受け持つ息子のルイジと、妻のアントニア。

ウェイトレスをしている、ふたりの娘でまだ十代のローザだ。

彼らはひとかたまりに近づいてきた。乳白色の目をアリスに向け、顎がはずれるほど口をあけ、アリスの首に噛《か》みつこうとするように黒い歯を見せている。

こんなことになるまえは、この四人の顔を見るとほっとしたものだ。〈チェ・ブオノ〉は、卑しむべき理由で、卑しむべきことを彼女に頼む人々のことを忘れ、安らいだひと時を過ごせる避難所だった。リサをここに連れてきたのは、この店でくつろぐリサを見て、彼女が信頼できる人間かどうか確かめたかったからだった。パルメザンチーズ入り子牛肉の料理を口に入れたときのリサの幸せそうな顔は、いまでもはっきり思いだせる。子供時代に家族とニューヨークの街で食べたイタリア料理と同じくらいおいしい、と断言したときの顔も。

アリスは泣きながらショットガンを上げ、四回引き金を引いた。

それから踵《きびす》を返して〈チェ・ブオノ〉に別れを告げた。

外に出る途中、片腕がドアの枠にぶつかり、前腕にかすかな痛みが走った。切れたのだ。その傷を無視して、通りにでた。

やがてひとつの店が目を引いた。〈放出品その他種々あり〉。軍の放出物資を扱う、昔ながらの店だ。ここならすべてがそろう。黙示録《アポカリプス》にあるような恐ろしい光景を見たあとで立ち寄るには、最適の店だろう。

ほかはともかく、ショットガンの弾薬が切れかけている。

店のなかを見てまわり、実際に必要なものと、簡単に運べるものをあれこれ考えていると、激しい痛みが全身を襲い、突然体が痙攣《けいれん》した。

とくに両腕に違和感がある。見ると、まるで何かが皮膚の下を動いているように、奇妙に波打っていた。

アリスは恐怖にかられ、マンションでケインとその部下たちに連れ去られるまえに、マット・アディソンのケガをした腕にも同じようなことが起こったのを思い出した。

それからほかのことにも気づいた。さきほど切った腕の傷が、完全に治っている。

またしても痛みの波に襲われ、床に倒れそうになった。これは病院で目をさましたときの痛みよりも、針を体から引き抜いたときの痛みよりもひどい。

ちくしょう、一体何が起こっているの？

痛みがおさまりはじめた。彼女は鏡を探して店を見まわし、それを見つけると駆け寄った。

そしてショックに目をみはった。

頭に針をつけるために剃《そ》られていた箇所の髪が、もとどおりに生えている。針が残した傷痕《きずあと》もすっかり消えていた。

そう言えば……アリスは足を見下ろした。病院を出てから、割れたガラスの上やひび割れた歩道を裸足《はだし》で歩いてきた。それなのに、足の底には切り傷もあざもない。

あの悪党どもは、明らかに何かしたのだ。

すると、音がした。

ショットガンを構えて振り向くと、表のドアから入ってくるアンデッドの一団が見えた。

だが、彼らは途中で止まった。

乳白色の目が彼女を見つめる。

先頭のアンデッドかほかの誰かが飛びかかってきたらいつでも撃てるように、アリスはその女の額に狙いをつけた。

だが、女は飛びかかってこなかった。

ほかのアンデッドも襲ってこない。

彼らはアリスのすぐ横を足を引きずって通り過ぎた。彼女を無視して。

どういうこと？

ええ、間違いなく、あいつらは私に何かしたんだわ。

でも、何を？

またしても音がした。さっきとは違う音――オートバイのエンジン音だ。

アリスは振り向いた。ハーレーがまっすぐこの店の窓に向かってくる。

しかも、速度を落とさずに。

彼女がレジのカウンターに飛びこんだ瞬間、オートバイは窓を粉々にして飛びこんできた。アリスには、その音が異常に大きく聞こえた。周囲がひどく静かなせいもあるだろうが……ほかのすべてと同じように、聴覚がこれまでよりはるかに鋭くなっているのだ。

立ち上がると、オートバイは野戦服のラックにぶつかって止まっていた。革のジャケットを着た大柄な男が、頭を緑の迷彩服の山に突っこみ、ハンドルに突っ伏している。

アリスが近づくと、男はぱっと体を起こした。黒いサングラスに隠れて男の両眼は見えないが、顎《あご》がはずれそうなほど口があいているのはゾンビの証拠だ。

アリスは落ち着いて男の頭をつかみ、両側に手をそえて、鋭くひねった。

それから男を頭から床に投げた。大きな体がオートバイから転がり落ちる。彼女はイグニションを見つけ、スイッチを切ると、オートバイを服のラックから離し、レジのカウンターにたてかけた。

これで、街を見てまわる〝足〟ができた。

ゾンビの一隊は彼女の後ろを動きまわっていたが、完全に彼女の存在を無視している。アリスは買い物を続けた。運べるもののリストは、さきほどよりも少しばかり増えた。

5

烏門橋《レイヴンズ・ゲート・ブリッジ》の大混乱をどうやって脱出したのかと尋ねられても、ジル・バレンタインには答えられなかっただろう。

みんなに向かって、夢中で〝下がれ〟と叫んでいると、銃声が轟《とどろ》いた。そのあとは、あらゆる方向に逃げ惑う人間に呑《の》みこまれた。

気がつくと、ケガをしたペイトン・ウェルズを助け、ラクーンシティの通りを走っていた。よりによって、テリ・モラレスと一緒に。

状況が少しばかり違っていれば、たとえば、ケガをしているのがモラレスで、ペイトンは元気だったら、足手まといのケガ人など躊躇《ちゅうちょ》なく置き去りにしていただろう。だが、ペイトンを捨てることは考えられなかった。

アンブレラ社のスキート射撃を生き延びた人々は、どうにか橋のラクーン側まで戻ると、四方八方に散っていった。ジルは比較的行く人が少ないという理由で、この方向を選んだ。ゾンビは人々が大勢いるところに集まってくるに違いないと思ったからだ。そこでほとんどの人々がルート二二か、ウェストン・ブールヴァードに向かうと、ジルとペイトン――それと彼らにヒルのように張りついているモラレス――は、それよりも人の少ない、ディルモア通りを歩きだし、やがてみすぼらしい住宅街に入った。

そのままディルモアを歩き続けながら、ジルは左腕を首に回し、足を引きずっているペイトンをちらっと見た。ひどく顔色が悪いし、汗を掻《か》いている。もっとも、汗のほうは太陽が沈んでも衰えない暑さのせいかもしれない。

ほとんどの街灯は消えていたが、あちこちで燃える火や燃えている車の炎で、足もとを照らすには充分だ。ジルはディルモアがライオンズ・ストリートとぶつかるところに大きな教会があるのを見つけた。

安全を求めるのに、これほど適当な場所がある？

彼女はペイトンを励まそうとした。「もうすぐ休めるわ」

「俺のことは心配するな」彼は力強い声をだそうと必死に努力して……みじめに失敗していた。

ふだんのペイトンはそんな努力などまったく必要ないことを考えると、よほど具合が悪いのだろう。

ありがたいことにそれまでずっと静かだったモラレスが、このとき急にしゃべりだした。

「いったい何が起こってるの？　彼らは市民を撃ったわ！　罪のない人々を！　どうして何かしなかったの？　あなたたちは警官でしょう？」

たしかに彼女の言うことにも一理あった。結局のところ、アンブレラ社が、警察や軍隊に匹敵する権限を持っているとは考えがたい。ドイツ訛《なま》りの男は壁の上ではああ言ったが、彼らが射程範囲で実弾を使う〝許可を得ている〟ことなどありえなかった。

だが、最終的な権限を手にしているのは、いちばん大きな銃を持っている人間だ。いまのところ、それはアンブレラ社だった。

とはいえジルには、それをこの〈ラクーン7〉の〝お天気係〟にわざわざ説明する気もなければ、その忍耐力もなかった。

教会の門のところにたどり着くと、ジルは言った。「なかに入って。隠れましょう」

その教会は巨大なゴシック建築だった。まるでティム・バートンがフランク・ロイドと一杯やりながら、酒の勢いで設計を頼んだような建物だ。いかにもおどろおどろしい造りと、巨大なガーゴイルが、外で燃える火に照らされていっそう不気味に見える。天井はとても高く、影は長く、明かりはごくわずかで、そのあいだはかなり離れていた。正面入口の上の巨大なステンドグラスの窓には、堕天使《ルシファー》が天国から追いだされ、地獄に落ちるところが描かれている。ジルがそれを知っているのは、信心深いからではなく、大学でミルトンの『失楽園』を読まされたからだ。祭壇の上には、巨大な十字架がかかっている。

ジルがそれを見上げ、ここに避難したのは果たして素晴らしい思いつきだったかどうか考えていると、影のひとつから声がした。

「そこで止まれ！　それ以上近づくな！」

誰かが歩みでた。乱れた服装の白人の男だ。齢《とし》はおそらく三〇代初め。マグナム357を構えているが、モラレスがそれを持つのと同じくらい、彼の手には不釣合いに見える。

ジルはS.T.A.R.S.に加わって以来、こういう表情を何十と見てきた。人質をとった犯人か誘拐犯に多い。何ひとつ失うもののない人間が、高性能の武器を手にしたときに浮かべる独特の狂気じみた表情だ。

交渉の得意なゴールドブルームがここにいてくれたら、そう思いながら、ジルは精いっぱい穏やかな声で言った。「大丈夫。私たちはあれとは違うわ」

「ここは俺の場所だ！　俺が見つけた！　俺がここに隠れてるんだ！」

モラレスがそっけなく言い返した。「私たちも充分入れると思うけど」

男はマグナムを振りはじめた。「おまえたちは、あいつらをここに呼び寄せる！　そのまえに出ていけ！」

驚いたことに、モラレスがその男に鼻をくっつけんばかりに近づいた。鋼鉄の度胸があるのか、ポストのように間抜けなのか。あるいは、その両方かもしれない。

きっとその両方だ。

「外には行かないわ！　わかった？」

男はモラレスの顔にマグナムを突きつけた。「俺に指図――」

「落ち着け！　その銃を下ろすんだ！」

ペイトンの命令が高い天井にこだました。ふたりともびくっとして反射的にあとずさる。

ジルは微笑した。明らかに、ペイトンはまだ力強い声がだせる。

男は銃を下ろした。

ジルは彼に近づき、片手を差しだした。「それはもらっておくわ」

「断わる」男はまだ動揺しているものの、さっきより落ち着いた声で答えた。

ペイトンはモラレスを見た。「君も——落ち着くんだ」

ジルも彼女をたしなめた。「わざわざ撃たれるような真似をしなくても、死ぬ方法はたっぷりあるわよ」

モラレスはこれには答えず、自分の手を見下ろした。そのとき初めて、ジルは彼女が小さな金属製のものを持っていることに気づいた。テリ・モラレスのような屑《くず》に多少とも価値を認めていたら、それは何だ、と尋ねたかもしれない。

だが、ジルはベンチのひとつに腰をおろし、煙草を取りだした。聖所を冒瀆《ぼうとく》することになるかしら？　ちらっとそう思ったが、次の瞬間にはこの懸念は消えた。ゾンビが通りを徘徊《はいかい》し、大企業が罪なき市民を撃ち殺しているのだ。この世に神がいるとしても、最近はラクーンシティを留守にしているに違いない。

深々と吸いこんだあと、モラレスの視線に気づいた。

「ジル・バレンタインね？　私を覚えてる？　あなたの事件を報道したわ、停職になるまえに」彼女は片手を差しだした。「〈ラクーン7〉のテリ・モラレスよ」

ジルはこの手を無視して、モラレスの顔に煙を吹きかけた。「あなたの仕事は全部見たわ」

モラレスはぎこちなく微笑した。「ファンのひとりね」

「どうかしら。いまは天気予報を受け持ってる。そうでしょ?」

微笑が消えた。ジルは少しばかり意地の悪い喜びを感じた。

彼女は同じくベンチに座ったペイトンを示した。「ペイトン・ウェルズ巡査部長よ」

ペイトンはモラレスが持っているものを指さして尋ねた。「それはなんだい?」

モラレスはそれを掲げてみせた。小さな、片手で使えるビデオカメラだ。録画中であることを示す赤いライトがついている。おそらくこのライトは、モラレスがあの橋に到着したときからついていたに違いない。

「私のエミー賞よ」彼女はそう言ってまた微笑した。「このなかのひとりでも生き延びることができればね」彼女はカメラのレンズをペイトンに向けた。「で、ラクーンシティ警察は、あのものに関して、何かコメントがある?」

「あれは主の裁きだ」

高い天井にこだましたその声は、ペイトンのものではなかった。それは祭壇から聞こえた。

ジルが振り向くと、司祭だか牧師だかが、彼らのほうに歩いてくるところだった。牧師用の襟は汚れ、ローブもよれよれで、櫛《くし》を入れてからもう何年もたつかのように、髪もくしゃくしゃだ。

「〝地よ聞け。われ災いをこの民にくださん。こは彼らの思いの結ぶ身なり。彼ら我が言葉と我が律法を聞かずしてこれを捨つるによる〟〝汝の死者は生き、我が民の屍は起きん。塵にふすものよ、醒めて歌うべし。汝の露は草木を潤す露のごとく、地は亡き魂を出さん〟そして死者は生ける者のあいだを歩き、生ける者に破滅をもたらすのだ」

そう結ぶころには、彼は入口付近にいるジルたちのところに達していた。

「たいした演説だこと」ジルが無表情に言った。

「エレミア書だな」マグナムの男がつぶやいた。「最初の部分はそうだ。そのあとはイザヤ書、最後はなんだかわからないが」

モラレスがにっこり笑い、カメラを牧師に向けた。「ええ、これは最後のカットに使えそう」

突然、祭壇の後ろから音がして、全員を驚かせた――牧師は落ち着き払っている。

「いまのは何だ?」ペイトンが尋ねた。

「なんでもない」

ジルは鼻を鳴らした。ラクーンシティにはもう、〝なんでもない〟で片づけられるものなどひとつもない。彼女はまっすぐ祭壇に向かい、その後ろにある祈禱室《きとう》にまわりこんだ。薄暗い光にようやく目が慣れはじめていたが、予備のロザリオだか何かにつまずくのを恐れ、おっかなびっくり進んだ。

いいえ、待って。ロザリオを使うのはカトリックよ。ジルは心のなかでつぶやいた。ここはカトリック教会ではなさそうだ。

祈禱室を照らしているのはテーブルのスタンドだけだったが、狭いおかげで会堂よりも明るい。テーブルと椅子がいくつか引っくり返っていた。まあ、今日のラクーンシティはどこも同じような状態だ。

最初に目を引いたのは、壁のひとつについている血の筋だった。途切れずに続いているのは動脈から噴出した血だ。

牧師の祈禱室で見たい類《たぐい》のものではない。

椅子に座った女性が、うつむいて体を前後に揺らしていた。

「大丈夫？」ジルは尋ねた。

出し抜けに、後ろから声がかかった。「何をしている？」

ジルはびくっとして飛び上がりそうになった。この牧師は、訓練を受けたS.T.A.R.S.にこっそり忍び寄るような技を、いったいどこで身につけたのか？

いや、こう尋ねるべきかもしれない。訓練を受けたS.T.A.R.S.の警官が、いつからうっかり気を抜くようになったのか？　答え、ゾンビがラクーンシティを乗っ取った日からだ。

「この人はどうしたの？」

「私の妻だ。妻は――具合が悪いのだ」

ジルが女性に近づこうとすると、牧師が行く手を塞《ふさ》いだ。

「よせ！」

「そこをどいて」

「妻は具合が悪いのだ。そう言ったはずだぞ」

「手当てができるかもしれないわ」ジルはこの嘘にあまり罪悪感は感じなかった。それに、まったくの嘘というわけでもない。牧師の妻があれの――あのクリーチャーのひとりなら、頭に一発撃ちこむのは、助けることになる。

牧師を押しのけたとき、その女性が電気のコードで椅子に縛られているのに気づいた。どうやら彼女の疑いは当たっていたようだ。それに教会のなかがいやに暗い理由もわかった。

それから女性が顔を上げた。口の周りが血だらけだ。

「なんてこと」

女性はいましめをゆるめようとしながら、前後に体を揺すりはじめた。

「なんて人なの」彼女は牧師に言った。

「いいから、出ていけ」牧師は、怒りと悲しみの入り混じった声で言った。

ジルは彼を哀れむべきか、それとも撃ち殺すべきか迷った。

その両方かもしれない。

「私の教会から出ていけ」牧師は叫んだ。「妻は私がなんとかする。この悪霊を追いだしてみせる」

ジルは彼が本気でそう言っていると信じかけ――床に落ちているものにつまずき、もう少しで転びそうになった。そこにあるのは……食べかけの死体だ。

これで壁の血と、女性の口の周りの血の説明はつく。

ジルは恐怖を浮かべて牧師を見た。「いったい何をしていたの?」

「いいから、私たちだけにしてくれ!」牧師は叫んだ。

女性は体を前後に揺すりつづけ、必死にコードをゆるめようとしている。今日のラクーンシティで死ぬ方法は、ひとつだけではなさそうだ。

それから、女性の右手が自由になった。

ジルはオートマティックのひとつを引き抜いた。

「やめろ!」

牧師が彼女に飛びつき、狙いをそらした。だが、しがみつきつづける力はなく、彼はすぐにジルにはねのけられ――

待ち構えている妻の腕のなかに倒れこんだ。

ちょうど、左手も自由になったところに。

妻は牧師を両腕で抱きとめると、顔をかがめ、夫の首にがぶりと嚙《か》みついた。

牧師の悲鳴は狭い祈禱室にこだました。ディルモア通りの端まで聞こえたかもしれない。

彼女が頭を撃つまでは。

牧師が倒れると、ジルは妻も同じように撃った。

そして振り返らずに会堂に戻った。

ペイトンとモラレスと、マグナムを手にした男の顔に浮かんでいる表情からすると、あの悲鳴はここまで届いたのだ。

「向こうで何があったんだ?」ペイトンが尋ねた。

ジルは黙って首を振った。

6

アンガス・マッケンジーは、彼の教会にこの連中が来たことが気に入らなかった。

いいだろう、たしかに厳密に言えば、ここは彼の教会ではない。さきほどの牧師の教会だ。しかし、あの悲鳴からすると、その件はクリアできたようだ。銃声は二発だったから、大方、あの悪霊のひとりが祭壇の裏にいたにちがいない。

オフィスにもいたように。

彼は、悪霊なんぞに捕まるつもりはなかった。あいつらに生きながら食われるために、スコットランドからはるばる合衆国まで来たわけではない。

いいとも、たしかに、電話で品物を販売するのは、とくべつ華やかな職業とは言えない。だが、クソったれテーブルに食べ物をのせることはできる。それに彼は好ましい成績を上げていた。ボスが言うには、客をその気にさせるのは彼のスコットランド訛《なま》りだという。それが、客の関心を引く、訛りのせいでエキゾチックな品物に聞こえるのだ、と。そして人々はエキゾチックなものが好きだ。とくにアメリカ人はその傾向が強い。

これは彼らのほとんどが、自分たちの歴史をまったく持っていないためだと、アンガスは思っていた。まあ、それはこれには関係ないが。

それから、誰も彼もが狂いはじめた。

アンガスの妻フローラなら――神よ、彼女の魂を休ましめたまえ――悪魔が人々のおかした罪の価を集めに来た、と言うところだ。フローラは何かというと罪をおかしたと騒いでは、せっせとその償いをしていた。死ぬときも地獄に落ちることをひどく心配していたものだった。

アンガスに言わせれば、フローラには心配することは何もなかった。彼女は天国に行ったはずだ。彼はそれをまったく疑っていなかった。

アンガス自身は、また話がべつだ。

そうとも、彼はたっぷり罪をおかしてきた。それは潔く認めよう。だが、そのどれひとつとして、悪霊に生きたまま食われるほどの罪ではない。

マーラをあのクリーチャーのところに残したことすらも。

わかっているとも。あれはひどい行為だった。だが、仕方がなかったのだ。ほんの少しまえまで同僚だった連中が、こぞって悪霊に変わり、襲いかかってきたら、ほかにどうすればいいのか？　逃れようと屋上に駆けあがったとき、マーラの顔の前でドアを閉めなければ、彼はとうてい助からなかったろう。

たしかに彼女は死んだ。だが、彼は生きている。これはふたりとも死ぬよりは、ましではないか？

屋上から下りるとき、悪霊がマーラに襲いかかるのが聞こえた。

それからまもなく、マーラが落ちてきた。

だが、それはどうでもいい。違うか？　彼はこうして生きている。

彼は大きな銃を腰にはさんで死んでいる黒人の間抜けを見つけた。おそらく、ヤクの売人だろう。黒人はいつもヤクを売買し、いつもおたがいに殺し合っている。まったくバチ当たりなやつらだ。

〝同僚に、死を宣告するよりもか？〟アンガスは頭に浮かんだこの疑問を押しやった。

彼は主の家を見つけ、そこに隠れたのだった。もちろんこれは、ちゃんとしたカトリック教会ではない。忌まわしいプロテスタントの教会だ。骨の髄までカトリック教徒であるアンガスは、ふだんなら決して異端の建物には足を踏み入れない。だが、必要は悪魔をも駆りたてるものだ。

この場合は、悪霊か？

彼らはまったくどこにでもいる。

だが、ここは安全だ。

主の腕のなかは。

まあ、その近くは。

だから、アンガス・マッケンジーに言わせれば、ここは彼の教会だった。

それから、あの警官とモラレスというテレビに出ている娘と、二挺《ちょう》の銃を持った娘が姿を現わした。つづいてあの牧師が。忌まわしい異教徒のひとりが。あの男は狂ってる。ああ、そうとも。しかし、さっきの悲鳴と銃声からすると、二挺拳銃《けんじゅう》の娘――あの娘もおそらく警官だろう。この国には、女の警官があきれるほど多い――が、牧師を始末してくれたようだ。

残るは三人。どうやって彼らを追いだしたものか？

アンガスがそれを考えていると、突然、何かが天井を横切った。アンガスは見上げたが、そこはひどく暗くて、何ひとつはっきり見えなかった。

まったく異端者ときたら、隅や隙間や薄暗い明かり、イカれた建物が好きなやつらだ。

警官が懐中電灯を取りだし、それで石の丸天井を照らした。

埃《ほこり》と漆喰《しっくい》のかけらが、その光のなかできらめく。

石のなかには、三つの鉤爪《かぎづめ》の跡があった。

なんてこった！

「あれはなんだ？」

「向こうよ！」二挺拳銃の娘がそう言って、天井の一箇所を指さした。

警官が娘の示した場所を照らす。アンガスはその光を目で追った。

それが照らしだしたのは、今度も忌まわしい鉤爪の跡だけだ。

「あそこ！」モラレスという娘が指さした。

今度は懐中電灯の光がそれを捉《とら》えた。影のなかを動いていくものを。

アンガスはそれを見たことを後悔した。

「クソ！」

まるで悪夢が生みだしたようなそれは……。

一応、形は人間に近い。腕が二本に、脚が二本。だが、四つん這《ば》いで動けるように背骨がすっかり曲がっている。しかも皮を剝《は》がれたように、ロープのような赤い筋肉と白い骨がそのまま見える。だが、その表面はサイのように固そうだ。その忌まわしいものは手足の指の先が巨大な鉤爪になっていた。天井の跡はそれで説明がつく。

アンガスはそれの頭に目を引かれた。

四角い口だけでも恐ろしいのに、鋭い歯をびっしり生やし、そのあいだから分厚い舌を垂らしている。だが、アンガスがもう少しでズボンを汚しそうになったのは、このクリーチャーの目を見たときだ。

それには目がなかった。

この化け物はあっという間に懐中電灯の光から出た。

だが、アンガスにとっては一瞬でも充分すぎたほどだ。

彼は逃げだした。

「待ちなさい！」二挺拳銃の娘が叫んだが、アンガスは無視して教会の奥へと走りこんだ。

そこなら安全なはずだ。

「私が連れてくるわ」愚かな娘が言った。

彼は柱の角を曲がり、ドア代わりの木の衝立《ついたて》を回って、横に伸びた部屋に走りこんだ。すると小鳥の水浴び場を大きくしたような水盤が目に入った。ここは洗礼堂らしい。近くには小さなベンチもいくつかある。

ふいに横の壁から枝つき燭台《しょくだい》が落ちた。アンガスは飛び上がり、銃の引き金を引きそうになった。これはまだ一度も使っていないが、必要とあればなんでも撃つ用意はできている。

だが、何も見えなかった。

小さなベンチがあるあたりから、木が裂けるような音がした。アンガスはそちらに銃を向けた。

まだ何も見えない。

クソったれ。

恐ろしい音とともに、洗礼盤が石の床に倒れた。その音が天井にこだまし、アンガスの足もとに聖水がこぼれた。彼は洗礼盤が倒れた場所に銃を向けた。

やはり、何ひとつ見えない。

あれはどこだ？

なぜ、さっさと姿を現わさない？

俺はただ生きたいだけだ。

それが途方もない願いか？

彼は洗礼室を出ようと向きを変え——

——目のない顔に出くわした。

四角い口から舌が飛びだし、アンガスの首にからみつく。

それは彼の首を絞めた。

アンガスは銃を持ち上げ、撃とうとした。だが、彼は息を吸いこむことができず、彼の体は脳の命令を聞こうとしなかった。

その舌が縮まり、彼をクリーチャーに引き寄せていく。こいつの吐く息は腐った臭いがするぞ、こんなときなのに、頭のどこかでアンガスはそう思っていた。

やがてクリーチャーは彼をつかんだ。

鉤爪を伸ばして。

アンガスは生まれてこの方、これほどひどい痛みを感じたことはなかった。その化け物は、彼を文字通りふたつに引き裂いたのだ。

唯一の慰めは、その痛みがあまり長く続かなかったことだ。

7

衝立を回りこむと、何かが滴る音がした。ジルはここで物音がするのを聞きつけて、あの間抜けを捜しにきたのだった。

それとも、ここにいるのはペイトンがほんの一瞬、懐中電灯の光に捉えたものだろうか。ブーツの周りに水がたまった。床に目をやると、倒れた水盤の横に水がたまっている。あれは、洗礼に使うもの？

だとすれば、これは聖水だ。吸血鬼が現われたら役に立つかもしれない。この想像は、二四時間まえほど荒唐無稽《むけい》ではなかった。

いずれにしろ……聖水は全部こぼれている。さきほど聞いた音の原因は、これではない。

ジルは小さなベンチのひとつが壊れているのに気づいた。その下に何かが見える。

彼女はベンチに近づいた。赤いものがベンチの木にしみこみ、割れた木の尖《とが》った先から垂れている。

血が。

暗がりをのぞきこむと、銃を持ったあの間抜けの一部が見えた。ペイトンの光が捉えたものがなんであったにせよ、あれには人間の体を驚くほど細かく引き裂く力がある。

ジルは警官になってから、いろいろな死体を見てきたが、これは……。

だが彼女は、無理やり自分を励まして残った肉片に手を伸ばし、手首からちぎられた手がまだつかんでいるマグナム357を拾い上げた。銃は血まみれだった。

ジルは踵《きびす》を返し、急いで会堂に戻った。あんなばか力の怪物がここをうろついているとしたら、一箇所に固まっている必要がある。

頭のなかは疑問だらけだった。あれはいったいどこから来たのか？　なんなのか？

これもアンブレラ社の仕業だろうか？　そんなことがありうるのか？

まあ、アークレーで実際に見るまでは、ゾンビだって現実に存在するとは思いもしなかった。あれを作りだせる会社なら、べつのクリーチャーを作りだしたとしてもおかしくはない。

会堂がいやに静かだと気づいたのは、そこに戻ったあとだった。静かで——誰もいない。

ペイトンとモラレスはどこ？

誰かの手がいきなり口を塞《ふさ》ぎ、もう片方の手が腰をつかんで、彼女を祭壇の後ろに引っぱりこんだ。

ジルはその手をもぎとり、血まみれのマグナムを構えながらくるっと振り向いた。

彼女をつかんだのはペイトンだった。モラレスはその横に立っている。ペイトンは暗い顔をしている。レポーターは明らかに震えあがっていた。

「ペイトン――」

彼は目顔でジルを黙らせ、説教壇を指さした。

あのクリーチャーが空中で舌をうごめかせながら、獲物に飛びかかる寸前のハゲタカのようにそこにのっている。

あれがこんな近くにいるのに、なぜここに隠れているの？　ジルがそう尋ねようとすると、ペイトンは教会のドアを指さした。

そこにも同じクリーチャーがいた。ドアの上の壁から、ヤモリよろしくぶらさがっている。

なんてこと。

「挟まれているんだ」ペイトンが囁《ささや》いた。

モラレスが顔を上げた。「あれは何かしら？」

ジルは彼女の視線を追った。ドアの上の、地獄に落とされる堕天使を描いたステンドグラスがかすかにきらめいている。

いまは、この皮肉な象徴の意味を考えるのも嫌だ。

いきなりべつのクリーチャーが目の前を横切り、ジルは心臓が止まりそうになった。

まったく、今日は何回驚かされるの？

どういうわけか、いまのクリーチャーは彼らに気づかなかった。たぶん目がないせいだろう。いずれにしろ、この状態が長く続くとは思えないが、音をたてずにじっとしているしかない。

彼女とペイトンは、本能的にそう悟った。

だがモラレスは……。

モラレスがビデオカメラのスイッチを再び入れたことは、必ずしも責められない。あのレポーターは、このテープにはエミー賞の価値があると言ったが、まさしくそのとおり。生きてこの街を出られれば、ピューリッツァー賞すら夢ではないだろう。そうとも、アークレーの出来事を記録したビデオテープがあれば、ジルも停職を言い渡されることなどなかったはずだ。

ただ、カメラが録画をはじめたとたん、ビーッという電子音がした。

その音は静かな教会に、銃声のように響いた。

説教壇のクリーチャーが彼らのほうを見た。

ペイトンは、ジルが息を吸いこむより早く銃を引き抜いていた。「走れ！」彼はクリーチャーを撃ちながら叫んだ。

だが、クリーチャーは驚くほど素早く、天井に向かって跳んだ。

同時に教会のドアの上でヤモリの真似をしていたクリーチャーが彼らに向かって飛びおりてきた。

いや、ジルに向かって。

マグナムを構える間もなく、体当たりされて、ジルは床に叩《たた》きつけられた。血でぬるつく銃が指から離れ、床を滑って説教壇の下に消える。

ジルは必死に息を吸いこもうとしながら寝返りを打ち、両手と膝《ひざ》をついて起き上がると、オートマティックを引き抜こうとした。ペイトンが彼女を倒したクリーチャーを撃とうとしたが、ヘビのように伸びるその舌に銃を叩き落とされた。

ペイトンが顔を上げた。ジルは彼の視線を追った。

ステンドグラスの輝きが増していた。エンジンの音がする。

いや、ただのエンジンではない。ハーレーだ。

ジルは微笑した。

「伏せろ！」ペイトンが叫んだときには、ジルはすでに床に突っ伏していた。

原子爆弾が落ちたような音が古い教会にこだまし、ステンドグラスが粉々に砕けて、飛び散った。

ジルの胸を痛みが揺すぶった。立ち上がることはおろか、息を吸いこむこともできない。必死に呼吸しようとしながら、彼女は自分たちの救い主に目をやった。

彼はジルの予想とはまったく違っていた。

まず、男ではなく女だった。ああいうハーレーを乗りまわしているのは、ほとんどが体の大きな中年の白人だ。体重は様々だが、一五〇キロ近い男たちもいる。たいていは《ZZ》の表紙に載る男たちの肌がつるりとして見えるほど、むさくるしい髭《ひげ》をはやしている。

だが、このハーレーにまたがっているのは、くすんだブロンドの髪の、筋肉質の白人の女だった。しかもショットガンを背中にしょって、腰の両側にニッケルメッキのウージーをさげ、肩のホルスターにもコルトを入れている。

着ているものは、病院のガウンと白衣。

これがほかの日なら、不気味に見えただろう。

その女はアイスブルーの目でジルを見た。

「動いて」

このひと言に、地獄から逃げるコウモリのように、モラレスが正面のドアへと走った。ペイトンが足を引きずりながらそのあとに従う。ジルはまだ立ち上がれなかった。

正面に向かったのは、とんでもない間違いだった。

モラレスが開けたドアの向こうには、残りわずかな生者にありつこうと願うゾンビたちが集まっていた。

ペイトンがモラレスに追いつき、彼女と力を合わせてドアを閉めた。

正面のドアは使えない。

ハーレーの女は、エンジンをめいっぱいふかして――あの轟音《ごうおん》からすると、速度計の針は赤い線をはるかに越えているにちがいない——、ギアを入れた。だが、裸足《はだし》の足は床につけたままだった。

ハーレーが彼女の脚のあいだから弾丸のように飛びだし——これも、ジルが考えたくないたぐいの象徴だった——クリーチャーのひとつに正面からぶつかった。

オートバイとクリーチャーが空中に吹っ飛ぶ。

ハーレーの女はコルトを抜き、一発撃った。

たった一発？　何を考えてるの？　ジルがそう思ったとき、その弾丸がハーレーの燃料タンクに当たった。

ハーレーが爆発し、クリーチャーと、祭壇と説教壇、書見台、蠟燭《ろうそく》の大部分を一緒に吹き飛ばした。

べつのクリーチャーが天井から飛びおりたが、ハーレーの女は少しもあわてず二挺《ちょう》のウージーを引き抜いて、落ちてくるクリーチャーに何十発も撃ちこんだ。

床に落ちたクリーチャーはぴくりとも動かない。

ようやく楽に息ができるようになり、ジルは体を起こした。ハーレーがステンドグラスを突き抜けて飛びこんでから、まだ一〇秒もたっていなかった。

最初のクリーチャー——ハーレーの体当たりをくらったやつ——が起き上がり、後ろから女に突進していく。

ジルが警告を発する間もなく、銃を抜く間もなかった。だが、ハーレーの女はベンチのひとつを思いきり蹴《け》った。

警告しようとしたジルは、そのベンチが教会の床を滑り、クリーチャーにまともにぶつかるのを見てあんぐり口をあけた。

ハーレーの女性がこれまでしたことは、人間がやってやれないことではない。オートバイのハンドルさばき、百発百中の腕前、あの早撃ち――これはどれも、ジルが現実の生活で見てきたことだった。実際、射撃にかけてはジル自身、ひけをとらない自信がある。だが、ボルトで床に留めてあるベンチを、一度の蹴りで教会の端まで滑らせる？

そんなことは不可能だ。

とはいえ、歩く屍体《したい》や、目もない、皮膚もない、大蛇のような舌を持つ怪物も、現実には存在しないものだ。

怪物も同じように優れた生存本能を持っているらしく、ベンチの上に跳びあがった。だが、そのせいで狙いやすい的になった。ハーレーの女は背中のホルスターからショットガンを引き抜き、弾を装塡《そうてん》して、クリーチャーの胸を撃った。

それが吹っ飛んで壁にぶつかったとき、ようやくジルは立ち上がった。だが、彼女は何もしなかった。それよりもショーを楽しむほうがいい。

ハーレーの女はショットガンを背中に戻し、コルトを抜いた。

彼女が放った弾はクリーチャーには一発も当たらなかった。だがジルは、すぐにこの女が一発残らず狙った場所に当てたことに気づいた。

怪物が立ち上がり、胸の傷を無視してハーレーの女に飛びかかる。

だが、女はコルトをホルスターに戻し、そのクリーチャーに背を向けた。

それが飛びつく寸前、祭壇の上に掛けてあった十字架がまっすぐ落ちてきて、その体を貫いた。ハーレーの女がそれの支えをひとつ残らず撃ち抜いたのだ。

驚いたことに、それはまだ死なかった。少なくとも、即死はしなかった。恐ろしい咆《ほう》哮《こう》をあげ、ハーレーの女に向かって舌を閃《ひらめ》かせた。

ハーレーの女は少しもあわてず再び素早くショットガンを引き抜くと、それの顔を撃った。

ジルはようやく声がでるようになった。

「一体あんたは誰なの？」

「アリスよ。ここは安全とは言えないわ。そのうちあの火が燃え広がる」

あんたがハーレーのタンクを撃ち抜かなければ、火なんかなかったのよ、ジルはそう指摘するのを控えた。

ペイトンがつぶやいた。「驚いたな」それより大きな声で彼は言った。「ラクーンシティ警察のペイトン・ウェルズ巡査部長だ。これは最も優秀な部下のひとりで、ジル・バレンタイン警官」

「この街に留《とど》まるとは感心だこと」

ジルは自分の身の上話をしないことにした。「市民を守り、彼らに仕える。それが私たちの仕事だもの」

アリスはジルを見た。「あなたは停職になったのではなかった?」

「ええ。アークレー山脈の森のなかでゾンビを見たから。みんなに狂ってると思われたの」

「こうなると」ペイトンが口を挟んだ。「われわれはみな少しばかり狂っているな」彼はモラレスを指さした。モラレスはポケットから取りだした小さなケースの中身を、口に放りこんでいるところだった。「彼女もそのひとりだ。テリ・モラレス、〈ラクーン7〉の天気予報係で、完全にイカレてる」

アリスはモラレスにはかまわず、コルトをホルスターに戻し、しなやかな身のこなしで、教会の裏口に向かってさっさと歩きだした。

ジルはペイトンに歩みより、腕を貸した。彼の顔色はますます悪くなっている。

「ひどい顔色よ、ペイトン」

「よかった」彼はジルの手を取りながら応じた。「こんなひどい気分なのに、それが顔に現われてなかったらがっかりだ」

ジルは足を引きずるペイトンを助けて裏口に向かいながら、振り向いてモラレスを見た。彼女は炎上するハーレーをビデオにおさめている。

「来るの？　お天気係？」

「ええ、いま行くわ」モラレスは言った。「これはものすごいドキュメンタリーになるわよ」

8

ハーレーでディルモア・プレイスに曲がるまで、ハイブを出たのは、死に拒まれたクリーチャーだけだと思っていた。

それから〈舐めるもの《リッカー》〉がいるのを感じた。

あの遺伝子操作された化け物たちは、ハイブの公式の見取り図では〝食堂〟とある部屋の巨大な水槽にいたのだ。まあたしかに、あの化け物は、ほぼなんでも食べる。

正確に言えば、誰でも。

赤の女王は、万一T・ウイルスを封じこめなかった場合の援護に〈舐めるもの〉たちのひとりを自由にした。スペンスはそれに殺された（当然の報いだ）。カプランも殺された（これは当然とは言えない）。それからアリスとマットは、どうにかあれを仕留めた。

だが、ほかにも抜けだしていたとは。

それに、なぜあれの存在を感知できるのか。

彼らは私とマットを運びだしてから、一体全体私に何をしたの？　またしてもアリスはそう思った。

それにマットはどうなったのか？

教会には、生存者もいた。アリスには子守りをしている暇はなかったが、かといって、彼らを見捨てるわけにもいかない。そこで〈舐めるもの〉を始末したあと、彼らをともなって建物の裏にある墓地に出た。教会はまもなく火事になる。

「どうしてあんなところにいたの?」アリスは彼らに尋ねた。

「まあ、街を出ようとはしたのよ。でも、アンブレラ社の連中が烏門を封鎖してしまったの」バレンタインが答えた。「下層民を閉じこめる大きな壁でね。しかも、その壁に近づく者は即座に撃たれる」

「だから教会に来たの?」

バレンタインは肩をすくめた。「ほかにいい考えも浮かばなかったし。あのなかなら安全だと思ったの。とんでもない間違いだったわ」

「ねえ、なぜ私たちはここにいるの?」モラレスが錠剤をひとつかみ口に放りこみながら尋ねた。おそらく一緒に飲んではいけないものだろうに。「もしもし? 誰か気がついた? ここは墓地よ、みんな!」

さすがレポーターだけあって観察力は鋭いわ。アリスは皮肉たっぷりにそう思ったが、口にはださなかった。訓練を受けているバレンタインとウェルズは、少なくとも、多少の役に立つだろう。だが、モラレスはたんなるお荷物だ。

雨が降りだした。

一カ月まえのアリスは、ハイブのセキュリティ・チーフで、高給をもらい、人生を楽しみ、セックスの相性がとてもいい偽りの夫と大きな家で暮らしていた。たしかに彼女は、悪党どものために働いていたが、それに対抗する手段をあれこれ模索中だった。彼らに疑われている心配はまずなかったし、人生にはそれなりに意味があった。

ところがいまはどうだ？　病院の寝巻きに白衣を着て、雨に打たれ、墓地のぬかるみを歩いている。まるで一中隊と戦えそうなほどたくさんの武器を身につけ、屍体《したい》となったラクーンシティの市民と、遺伝子操作で生まれた化け物を相手に戦っている。

わずか一カ月のうちに、なんという変わりようだろう。

墓地の三方向は鋳鉄製のフェンスに囲まれていた。もう一方は教会の外壁だ。教会が燃えはじめれば、こちら側は安全だろう。フェンスのうち二方向には人影はないが、ライオンズ・ストリートのフェンスをよじ登ろうとする屍体の数はどんどん増えていく。遅かれ早かれ、彼らはあそこから墓地に入ってくるにちがいない。

モラレスが近づいてきた。雨のせいでこってりつけたマスカラが落ちた顔は、この街の名前になっている動物と似ている。

「これからどうするの？」モラレスは尋ねた。

「生き延びるのよ」

モラレスは目をしばたいた。「それだけ？」

「そうよ」

レポーターは首を振った。「素晴らしい計画ね。顔に的を描いたほうがいいかしら?」

「好きなように」

「少し休まないと」バレンタインが後ろから声をかけてきた。

アリスは振り向いた。ウェルズは脚の傷が悪化し、歩くのもままならない様子だ。きちんと包帯がしてあるが、状態は芳しくない。

「だめよ」モラレスがヒステリックに言い返す。「あれの仲間が襲ってきたらどうするの?」

アリスは首を振った。「あれは群れで狩りをするの。ほかにもいるとしたら、とっくに見かけているわ」

モラレスがくるっと振り向いてアライグマ《ラクーン》のような目でアリスを見つめ、いかにも詮索《せんさく》好きのレポーターらしく詰問してきた。「あら、彼らがなんなのか知ってるの?」

それを隠さなくてはならない理由はなかった。「生物兵器よ。この街の地下にあるアンブレラ社の研究室から逃げだした」

「なぜそんなことを知ってるの?」バレンタインが疑いのこもった声で尋ねた。まあ、これは当然だろう。

「あの会社で働いていたことがあるからよ。それが間違いだとわかるまえに」

バレンタインが答えようとすると、ウェルズが痛みに耐えかねて叫んだ。「クソ!」

傷口が再び出血しはじめている。

アリスは長いため息を吐きだした。

「感染しているわ」

「俺の心配はいらないよ」

アリスが心配しているのは、ウェルズのことではなかった。彼女はコルトを抜いた。

だが、驚くほど速くバレンタインも銃を抜き、アリスの頭に狙いをつけた。「動かないで！」

ウェルズもアリスに銃を向けている。

アリスはウージーをひとつ抜き、銃口をバレンタインに向けた。

モラレスがカメラを構え、このすべてを記録しはじめる。武器を構えてにらみ合う三人。懐かしのマカロニウェスタンを彷彿《ほうふつ》させる本物のシーンを特等席で記録できるのだ。レポーターなら逃すはずはない。

「何をするつもり？」バレンタインが言った。

これは愚かな質問だった。「彼はケガをしてる」アリスは一語一語はっきりとそう言った。「感染が広がっているのよ」

「おれは大丈夫だ」ウェルズが言った。

彼はレインがそう言い張ったときと同じように、ひどく具合が悪そうだった。レインはあの車両のなかで死んだ。出口まではあとほんの二、三分のところで、マットが彼女の頭を撃たなくてはならなかった。

アリスはバレンタインを見た。「いますぐ彼を殺すべきよ」

彼女はもう少しでこう付け加えそうになった。〝私はそのチャンスがあったとき、レインを殺さなかった〟

「彼は私の友だちよ」バレンタインはまだ銃をおろそうとせずに答えた。

「気持ちはわかるわ」アリスは心からそう言った。「でも、あとになるほど難しくなる。それはわかってるはずよ」それから彼女はコルトの撃鉄を倒した。

「やめて！」バレンタインは叫び、自分も撃鉄を倒した。「その必要が生じれば、私がやるわ」

アリスの脳裏を車両のなかの出来事がよぎった。あれは〈舐めるもの〉に攻撃される直前、彼女とマットとカプランとレインが、ようやく地上に戻れると思ったときだった。

〝あれのひとりにはなりたくない〟レインはそう言った。〝魂もなしに歩きまわるなんて。いざとなったら頼むよ〟

バレンタインとウェルズには、警官どうしの固い絆《きずな》がある。アリスは財務省時代、あの役所の男性優位の風潮に愛想を尽かし、アンブレラ社の待ち構えている腕のなかに飛びこむまえのことを思いだし……。

銃をおろした。

「好きなように」

バレンタインも、ようやく銃をおろす。

アリスはウェルズに顔を向けた。

「いいこと、一時間か二時間後には、あなたは死んでいるわ。それから何分もしないうちに、彼らのひとりになる。自分の友人を危険にさらし、彼らを殺そうとする——そして、ひょっとすると成功する。残念だけど、必ずそうなるの」

ショックに青ざめたウェルズが答えを口にするまえに、金属がねじれる音が彼ら全員を驚かせた。

歩く屍体がフェンスを壊して入ってくる。

モラレスは、もちろん、これも記録していた。アンブレラ社の子会社が作ったカメラで。

アリスはそれに気づいて笑いそうになった。

さいわい、歩く屍体たちはまだ四人に気づいていなかった。彼らはまだ驚くほどゆっくりとしか動かない。これだけは生きている人間のほうが有利だ。

突然モラレスが悲鳴をあげた。

墓の下から手が伸びて、彼女をぬかるみに引きずりこもうとしている。

T・ウイルスが地面の下にも入りこんだのだ。

バレンタインがモラレスを引き戻し、ウェルズが銃を抜いた。

アリスは彼の腕に手を置いた。「弾薬を無駄にしないで」

そして素早く屍体の頭に蹴《け》りを入れ、首の骨を折った。

「これは音に反応するのよ。銃を使えば、もっと大勢が集まってくるわ」

「それが問題？」バレンタインがアリスの後ろを見ながら尋ねた。

何十という歩く屍体が、ライオンズ・ストリートから入って来た。加えて何十という屍体が墓から起き上がってくる。

アリスは動いた。

バレンタインはふたりばかり殺した。ウェルズもひとり倒したかもしれない。モラレスはそこに立って、すべてを記録していた。

残りを倒したのはアリスだった。

これはひどく奇妙な感覚だった。『禅とゾンビを殺す法』とでも言おうか。自分が何をしているか考える必要はまったくなかった。彼女はただ本能のままに動いた。ケインの科学者たちが何をしたにせよ、彼女が生まれ持った運動能力と、長年の訓練により培われた能力の両方を、何倍にも増幅したことは間違いない。

ひとりの屍体の首を両腕で折りながら、両脚でべつの屍体の背骨を砕く。三人目の喉を手刀でふさぎ、四人目の脚を蹴り折って、首を折る。そのすべてが、バレンタインが一発殴るあいだに終わっていた。

残りがたったひとりになると、アリスはそれの頭を墓石に叩《たた》きつけた。〝安らかに眠れ〟という碑銘の上に。

バレンタインは好奇心と苛立《いらだ》ちの入り混じった目でアリスを見た。

だが、アリスの最後の犠牲者と墓の碑銘を示してこう言っただけだった。「今日はもう、充分すぎるほどの皮肉を経験したわ」

アリスはちらっと微笑した。

「行きましょう」

彼らは墓地を横切り、キリアニー・ウェイに出る門に向かった。これは細い脇道でスワン・ロードに突き当たる。スワンはもっと広いから身を守りやすい。それにふだんは静かな通りだから、屍体があふれている可能性も少ないはずだ。

雨はいつの間にかやみ、空には上弦の月が昇っていた。その光と、ときどき燃えている車の光を頼りに、四人はスワンへとひたすら歩いた。

「どこへ行くの？」

モラレスの問いにアリスは顔を上げた。こちらに向かったのはまずかったかもしれない。

モラレスはキリアニーとスワンの角にある、堂々たる煉瓦《れんが》のビルを見ていた。正面の入口の上には、大きな文字で、〈市営死体公示所〉と彫りこまれている。

アリスはモラレスの質問に答えた。「急いでここを離れましょう」

彼らはスワンに曲がった。アリスは道路の中央、二本の黄色い線の上を歩いた。残りも従ってくる。

「クソ、発信音もしないぞ」

ウェルズは携帯電話を手にしていた。それを耳に押し当てては、非難するようにディスプレーをにらむ。アリスはもう少しで吹きだしそうになった。

「なんの音もしない」

「電波が妨害されているのよ」アリスは言った。

「誰がそんなことをするんだ？」

「アンブレラ社よ。ここで起こったことが外部にもれないように」

「私が暴露してやるわ」モラレスがつぶやき、倒れた建物のひとつをカメラにおさめに、ぶらぶらと歩道に近づいていった。

「通りの真ん中にいなさい」アリスが注意した。「建物に近づかないで。あれのほとんどは動きが鈍いから、広い場所にいたほうが安全よ」

モラレスが素直に従うのを見て、アリスは内心驚いた。屍体《したい》の尻《しり》を蹴るのがうまいことが、多少の尊敬を勝ち取ったと見える。

尻蹴り《アス＝キッキング》アリス──これがセキュリティ部門で、彼女につけられていたあだなだった。どうやら、この名に恥じない人間になったようだ。

モラレスがさっきとはべつの錠剤の瓶を取りだした。薬を飲みたくなる気持ちはわかるが、足手まといになっては困る。バレンタインのことは心配していなかった。それにウェルズが心配の種に留まるのも、もうそれほど長いことではない。もしも、バレンタインが彼を殺せなければ、自分が殺す。だが、モラレスには最良の状態を保ってもらわねばならない。

そこでアリスは、錠剤の瓶を濡《ぬ》れた道路に叩き落とした。

「それを飲むのはやめなさい。あなたのためによくないわ」彼女はにっこり笑った。「調合薬のことは少し知っているの」

モラレスはつかの間呆然《ぼうぜん》としていたが、やがてうなずいた。

「ええ――ええ、もちろん――あなたの言うとおりよ」

アリスは向きを変え、歩きだそうとした。後ろにいるバレンタインが、またしても好奇心と苛立ちの入り混じった目で彼女を見る。後ろを見なくてもそれがわかるという事実に、アリスは不安を感じた。これもケインの〝おかげ〟だろう。

「何？」彼女は尋ねた。

「べつに」バレンタインはアリスの隣に並んだ。「ねえ、さっきはすごかったわね。私もできるほうだけど、ええ、褒めてくれる人もいるけど、ああはいかないわ」

「そのことに感謝すべきね」アリスは静かに言った。

「どういう意味？」

「彼らは私に何かしたの」

考えてみれば、彼女が知っているのはそれだけだった。知り合ったばかりだが、アリスはバレンタインを信用していた。嘘をつく気も、隠しだてをする気もない。だが、ケインと彼の科学者たちが自分に何をしたのか、自分でもわからないのだ。

公衆電話の前を通りすぎようとすると、電話が鳴りはじめた。

「この音が屍体を呼び寄せるまえにここを離れましょう」アリスはそう言って歩く速度をあげた。

バレンタインは彼女の横を歩き、モラレスとウェルズが脚を引きずってついてくる。

彼らが電話を通過したとたん、音がやんだ。

不気味だ。

それから、彼らが荒らされたデリカテッセンの前を通りすぎようとすると、入口のすぐ横にある電話が鳴りだした。

「足を止めないで」アリスは言った。気に入らない状況だ。

この公衆電話も、彼らが通りすぎたとたんにやんだ。

「私だけかしら？」モラレスが言った。「それとも、これは少し気味が悪いこと？」

彼らは交差点に達した。するとまるでビッグ・ベンの時計が時を告げるように、目に見える範囲にある、あらゆる公衆電話が一斉に鳴りはじめた。

三、四回鳴って、ぴたりと止まる――

――だが、焼けた食堂の隣にある電話だけは鳴りつづけていた。止まらずに。

「根拠はないけど」バレンタインが言った。「誰かが話したがっているみたい」

アリスも同感だった。彼女はその電話に歩みより、ためらいがちに受話器を取り上げた。

「もしもし？」

「応《こた》えないつもりかと思ったよ」男の声が言った。

「誰？」

「私はきみたちを街からだしてやれる。四人とも全部だ」

アリスは送話器を片手で覆い、バレンタインに言った。「こいつは私たちのことが見えるんだわ」

その男は言葉を続けた。「だが、最初に条件を定める必要がある。取引に応じる気はあるかね？」

バレンタインは電話の男が隠れている場所を突き止めようと、周囲をシステマティックに調べはじめた。アリスはその効率のよさに舌をまいたが、それが時間の無駄であることはすぐに明らかになった。通りの向かいをちらっと見たときに、この男がどんな手段で彼らを見ているのかピンときたのだ。

「取引に応じる気はあるかね？」男は同じ問いを繰り返した。

「選択の余地があるの？」

男が苦笑をもらすのが聞こえた。「朝まで生きていたければ、ないな」

バレンタインは捜索を終え、口を動かした。〝向こうには誰もいないわ〟

アリスは通りの向かいを指さした。交差点の上に監視カメラが取りつけてある。交通違反を取り締まるため、三年まえラクーンシティ警察が街のあちこちに取り付けたものだ。

この仕事を請け負ったのはアンブレラ社だった。

「どうする？」

バレンタインから聞いた話では、この街を出るのは不可能だろう。アンブレラ社は街の外に出るあらゆる道路を封鎖しているにちがいない。罪もない人々を撃つとは、いかにもケインらしい対応の仕方だ。

あの卑劣なクソったれ。

さきほども言ったように、彼らには選択の余地はなかった。

「その先を聞くわ」

9

カルロス・オリベイラは、こんな光景を一度も見たことがなかった。たとえ一〇〇歳まで生きたとしても、二度と見ることはないだろう。

だがまあ、この状況では、一〇〇歳どころか明日の朝陽をおがめるかどうかも疑わしい。ジョージは明らかに正しかった。ゾンビのほうがずっと怖い。何百人のゾンビが振りつけでもされたように揃って足を引きずり、彼とチームに向かってくる光景はとくに恐ろしかった。蒼白《あおじろ》い顔に白いうるんだ目、黒い歯の歩く屍体《したい》たちは、たったひとつのことしか考えていない。

カルロスと彼の部下を嚙《か》み殺すことだ。

アスキグレンは、彼らが降りたビルの屋上から通りに出たときに殺された。カーターはゾンビのひとりに腕を嚙まれ、MP5Kを持ち上げることもできないくらいだ。

カルロス、ロギノフ、オニール、ニコライは屍体の頭を撃とうとしていたが、彼らの数はあまりにも多すぎた……。

ゾンビをいっとき抑えるために、マシンガンを連射しながら、カルロスは叫んだ。「退却だ。退却しろ！」

メイン・ストリートのほうへと戻っていくと、べつの群れが路地から出てきて、ロギノフを取り囲んだ。

「ユーリ！」カルロスはゾンビたちのなかに飛びこんだ。もうひとり部下を失うのはごめんだ。

屋上のときと同じように、カルロスはロギノフに襲いかかるゾンビのなかに二挺《ちょう》のコルトを連射した。

ゾンビがバタバタと倒れる。カルロスは嚙まれたロギノフをゾンビの囲みから引きだし、彼を助けてチームの残りへと戻りはじめた。

すると、アスキグレンが行く手に立ちはだかった。頭に死ぬほどの重傷を負った彼の顔は血だらけだった。だが、明らかに脳のT・ウイルスが動かしている部分は、損傷を受けていないらしい。

J・P・アスキグレンは、プリンス・ジョージ郡の保安官事務所で働いていた。しかし、本人いわく〝IQテストに合格したから〟そこを辞めた。この州境の地域には、少なくとも彼の職場には、南部の貧乏白人がうんざりするほど多かったからだ。彼らの高邁《こうまい》な目標はただひとつ、〝昼までに何人黒人を逮捕できるか〟だ。アスキグレンは、そのなかで働くのにうんざりしたのだった。

辞職して六ヵ月後、彼の妻がラクーンシティにある会社から仕事のオファーを受けた。そして彼らはこの街に引越してきた。彼はケインに雇われ、カルロスのチームに加わった。アスキグレンは善良な男で、妻を愛するよき夫。そしてあと三ヵ月もすればよき父親になるはずだった。

今朝までは、そのはずだった。彼の妊娠六ヵ月の妻がどうなったか、彼らは誰も知らない。

カルロスはアスキグレンの頭を撃ち抜いた。

「まったく、人生最悪の休暇だ」カルロスはつぶやいた。せっかく快適なキャビンにいたのに……。

彼らがチームに追いつくと、カーターがかがみ込んでオニールの首を嚙んでいた。ほかの日なら、カルロスは、人前でおおっぴらにいちゃつくな、とふたりを叱ったことだろう。

だが今日のこの仕草は愛情の表現ではない。カーターが死んで、もうひとりもまもなく死ぬことを意味しているだけだ。

カルロスが動くまえに、オニールが恋人の頭をつかみ、首の骨を折った。

「ちくしょう」彼女は毒づいて首に手を当てた。そしてそこについている血を見た。

彼女はためらわずにベレッタを引き抜き、銃口を口に突っこんだ。

「よせ！」カルロスが叫んだときには、もう遅かった。サム・オニールは血と脳みそを後ろの壁に飛び散らせ、ジャック・カーターの隣に倒れた。

周囲を見まわすと、ゾンビの姿はひとつもない。だが、そこに立っているのはニコライだけだ。

「ハルプリンはどうした？」

ニコライは足もとを指さした。ハルプリンが不自然な角度に首を傾けて横たわっている。

「ジャックに嚙まれたんだ。彼を突きとばした拍子に、倒れて首の骨を折った」

信心深いカトリック教徒のロギノフ——彼が二〇年まえソヴィエト連邦を離れたのは、このためだった——が、十字を切った。「あれの——あのもののひとりにはならない、それがせめてもの幸いだな」

「そんなのは慰めになるもんか」カルロスは通りを見た。ゾンビたちはさらに数を増やして、こちらにやって来る。「行こう」

乗り捨てられた車、燃えている車、割れた歩道のあいだを、カルロスはふたりのロシア人の先に立って進み、まもなく脱線してビルの外壁にぶつかった路面電車にたどり着いた。

そのなかにゾンビが隠れていないことを確かめると、彼はロギノフの傷を調べ、軍服のポーチのひとつから野戦用包帯を取りだした。

手早くそれで傷口を縛る。「これで血は止まったぞ」

顔を上げると、ロギノフは意識を失いかけていた。

「おい！　おい、起きてろ。眠っちゃだめだ。わかったか？」

「ああ」だが、ロギノフはまだ眠りかけていた。

カルロスは怒鳴った。「気をつけ！」

ロギノフはぱっと目をあけた。「わかった。大丈夫だ——大丈夫」

その言葉とは裏腹に、彼の声は弱々しかった。まるでいまにも倒れて死にそうに聞こえる。まあ、仕方がないだろう。実際、いまにも倒れて死にそうに見えるのだ。

だが、少なくとも、彼は目をあけていた。

「よし」

「ありがとう——戻ってきてくれて」

「おたがいさまだよ」せめて誰かを救いたいんだ、カルロスはそう付け加えたいのをこらえた。泣き言を言いはじめたら、歯止めがきかなくなる。「いいか、眠るなよ。わかったか？」

ロギノフはどうにか微笑んだ。「はい、隊長」

ニコライは、無線で必死に誰かを呼びだそうとしていた。

「アルファ・チーム、基地へ。こちらアルファ・チーム、基地どうぞ？　応答してくれ、頼む、応答してくれ！　クソ！」彼はカルロスを見た。「どうして返事をしない？　俺たちをここに置き去りにするって法はないぞ。なぜ救出にこないんだ?」

カルロスはこれまで部下に嘘をついたことはなかった。いまになってそうする理由もない。そこでおそらく誰も納得させられない戯言《ざれごと》を口にする代わりに、彼はあっさり答えた。

「俺にはわからん」

「彼らはなぜ俺たちをここに送りこんだ?」

ニコライは路面電車のなかを行きつ戻りつしはじめた。カルロスが見たこともないほど腹を立てている。そう、この男がこれほど腹を立てることができるとは、カルロスは思ってもいなかった。

「あんな任務はクソだぞ。遂行できるチャンスなどなかった。こんなことに対処する訓練は受けていないんだ。誰もこんなことに対処できるもんか! 絶対に――」

「待て」カルロスはニコライのぐちを遮った。よく知っている音が聞こえたのだ。

彼は立ち上がった。

「なんだ?」ニコライが尋ねた。

「静かに」

ヘリコプターの音だ。

リピンスキーは、彼らを降ろしたあと基地に戻るよう指示を受けていた。そのせいで彼らは脱出方法を失い、こんなひどい窮地に陥ったのだ。もしかすると、あれは迎えのヘリかもしれない。

「ありがたい！」ニコライはカルロスが見たこともないほど素早く大きな体を動かすと、通りに走りでた。

カルロスはもっとゆっくりと従った。ロギノフもそれに倣う。ニコライは頭上のC89に向かって両腕を振っていた。そのヘリは——ほかの数機も——アンブレラ社がロシア政府から買ったもので、様式化されたロゴが入っている。

「ここだ！　俺たちはここだ！　ここだ！」

だが、ヘリコプターは飛びすぎた。

ニコライは鋭い目でカルロスを見た。「どういうつもりだ？」

だが、カルロスはまだヘリを見ていた。「向こうに降りるぞ」

彼らはたがいに相談もせずに、ロギノフの腕を片方ずつ取り、肩にまわして、小走りにヘリコプターのあとを追った。

メインとジョンソン・アヴェニューの角を曲がったとき、カルロスはヘリの目的地に見当がついた。おそらくラクーンシティ病院だろう。あの病院にはアンブレラ社の病棟があり、そこではいくつか医学的な研究が行なわれている。

ニコライは同郷の男を励まそうとした。

「大丈夫だ。俺たちがなんとかする。また飲みに行こうぜ。パーティをするんだ」

カルロスは鼻を鳴らした。ユーリ・ロギノフは信心深いカトリック教徒だが、敬虔《けいけん》なモスリムと同じくらい酒を飲む。つまり、一滴も飲まないのだ。もちろん、ニコライの誘いが足りないからではない。

病院が見えてきた。ヘリはそこの中央ホール上に停止し、窓のひとつに光を当てている。ニコライはロギノフをカルロスに任せ、再び腕を振りはじめた。

「俺たちはここだ！」

ヘリのなかにいる誰かが、頑丈なフライトケースをふたつ、窓のひとつに放りこんだ。ガラスが割れた音はローター音でほとんど聞こえなかった。それからヘリは方向転換して飛び去った。

「だめだ！　行くな！」ニコライはピョンピョン飛びながらまだ腕を振っていた。「俺たちが来てるんだ！　ここにいるんだぞ！」

ヘリが見えなくなると、ニコライは怒った顔でカルロスをにらんだ。

「彼らは病院のなかに何かを落とした。見たか？」

カルロスはうなずいた。

「無線かな？　連絡がつくやつか？」

「確認する価値はあるな。行こう」

彼らは病院に入った。ニコライとカルロスはまたふたりでケガをしているロギノフを支えた。

病院のなかはがらんとしていた。医者も、看護師も、患者もいない。

少なくとも、まだ電気はついていた。街の電気はほとんど消えていたが、たぶん病院の発電機がまだ動いているのだろう。

彼らはホールへと向かった。鉢植えのヤシの木や、巨大なシダや、なぜか誰かが病人の気持ちを慰めると思ったほかの醜い植物が周囲に配置されている。ふたつのケースはその真ん中にあった。

大きくて頑丈な、武器を入れるケースだ。

彼らはロギノフをヤシの木のひとつに寄りかからせた。彼は意識を失ってはぼんやり目を開けるという状態をくり返していた。

「こいつは一体なんだ？」ニコライが尋ねた。

ケースは空っぽだった。

「武器ケースのようだな」

「武器なんかいるもんか。必要なのは脱出手段だ！」

「これは俺たちに宛てたものじゃない」

カルロスはニコライを見た。誰かがすでにこの大きなケースを開け、それが何にせよ、中身を取りだしたのだ。

その誰かは、おそらくまだここにいる。

カルロスは本能的に顔を上げた。

ほんの一瞬、彼は脚のある戦車のような巨大なシルエットを見た。

それから、それは消えた。

カルロスはニコライを見た。

ニコライが彼を見返す。

突然激痛がカルロスを襲った。ユーリ・ロギノフが――いや、ユーリの屍体《したい》が――肩を嚙《か》んだのだ。

カルロスは部下の顔を殴りつけた。ユーリの歯が離れる。カルロスは彼の頭をつかんでひねった。

骨が折れる音がした。

ロシア人は頭をよじらせて床に倒れた。

ニコライが悲しそうに彼を見た。

「彼を飲みに連れていくのは無理みたいだな」

「行こう」

「残念だ。こいつはきっといい飲み仲間になったのに」

カルロスはさっきより強い調子で言った。「行くぞ」

「俺がふたり分飲むしかないな」

カルロスは肩に手を置いて叫んだ。「ニコライ！　しっかりしろ！　俺たちは病院にいるんだ。どこかに救急箱がひとつかふたつか、三つはあるはずだ！　このポーチに入ってるものよりましな薬もな。俺がここで失血死するまえにそいつを探すぞ、わかったか？」

「ああ——ああ、わかった。もちろんだよ」ニコライは首を振った。「行こう」

救急室はまもなく見つかった。彼らは適切な薬を探し、放置されている救急車のなかを掻《か》きまわした。病院のなかの薬は、ほとんどが盗まれているか使えなくなっていた。だがありがたいことに、この救急車はまだ荒らされていない。

不幸にして、ロギノフが噛んだ肩の血は何を使っても止まらなかった。傷がふさがらないのだ。

そうなると、ほどなくカルロス自身がジョージの言う〝怖いゾンビ〟のひとりになる可能性が高い。

まったく、なんて休暇だ。

「血が止まらない」カルロスは半分は黙っているのが怖くてそう言った。

「どうして俺たちに気づかなかったんだ？」ニコライが尋ねた。

「なんだと？」

「さっきのヘリさ。通りの真ん中、病院のすぐ前にいたのに。どうして気づかなかった？」

カルロスはため息をついて、これまで自分でも認めるのが怖かった真実を口にした。

「気づいたのさ」

「なんだと？」

彼は立ち上がり、ケガをしていないほうの手をニコライの肩においた。「俺たちは物なんだよ、ニコライ。消耗品と同じだ。そしてさっき使い捨てにされたんだ」

そのとき、救急病棟にある公衆電話が鳴りだした。救急車のなかに置き去りにされた携帯も鳴り、通りの向かいにある電子機器メーカー〈モトローラ〉の代理店でも、割れた窓の向こうで電話が鳴っている。

カルロスは混乱してニコライを見た。

第三章　ミッション

1

ネメシスが起動された。

全システムが次々にオンラインになった。

様々な薬の流れが止まる。

彼の頭ははっきりしてきた。

片目が開き、それからもう一方の目が開く。

ネメシスは自分の周囲を見てとった。

そうしながら自分が誰なのか思いだそうとした。

待て。それはバカげている。彼はネメシスだ。彼が知る必要があるのは、アンブレラ・コーポレーションのご主人たちからの指示だけだ。彼らは彼を作った。そして彼に指示を与える。

〝違う！〟

頭のなかで誰かの声が叫んだ。

その声は聞き慣れたものだったが、彼には誰なのか見当もつかなかった。

〝俺はアンブレラ社の道具じゃない！　あの会社を潰《つぶ》そうとしているんだ！〟

潰す？　なんとバカげた考えだ。彼はネメシスだ。彼の人生における唯一の機能は、アンブレラ・コーポレーションの命令を遂行することだ。

ネメシスはベッドから体を起こした。彼は部屋を見まわし、そこが病院であることを見てとった。ふつうの色と素材を見てとるだけでなく、何かがどれくらい熱いか、あるいは冷たいか、見ただけで判断できる。紫外線が少しでもあれば、物の形もつかめる。

〝なんてこった、どうしてこんなことができるんだ？　赤外線と紫外線のなかで物が見えるぞ〟

またしてもネメシスは混乱した。この声はまだ彼の頭のなかで聞こえる。だが彼にはそれが誰の声かわからない。

〝俺はマシュー・アディソンだ！　妹のリサ・ブロワードと落ち合う約束だった。アンブレラ・コーポレーションの違法活動を暴露する情報を受け取ることになっていたんだ。だが、代わりに悪夢のシナリオにはまりこんだ。地下の施設がそっくり、五〇〇人もの人々を含めて、破壊された。俺は人々が死ぬのを見た。俺自身も何人か殺した――そしてアンブレラ社の社員を殺したT・ウイルスに感染するはめになった。そのあとは何が起こったのかわからない。彼らは俺に何をしたんだ？〟

ネメシスはこの声を無視した。まるで筋が通らない。

彼の視界の片隅に表示されたディスプレーを、次々に文字がせり上がっていく。

〈全システム起動〉

それからネメシスはいくつか指示を受け取った。言葉で言われたわけではないが、自分が次に何をすべきかは理解した。

〝ちくしょう。彼らは俺の頭蓋《ずがい》骨のなかに直接、送信してるのか？〟

ネメシスはドアに向かった。大きな手が取っ手を回す。

〝クソ、なんだって、そんなでかい手になったんだ？　この管やワイヤはいったいなんだ？」

彼の重みに床が震えるのを感じながら、ネメシスは重い一歩一歩を進め、中央ホールに達した。この病院には、これまで一度も入ったことがないのに、さきほどの病棟からそこに至る、いちばん近いルートもちゃんとわかっていた。

実際、彼はこれまでどこにも足を踏み入れたことがなかった。ついさっき病室で目覚めるまえの記憶はまったくない。

〝クソ、それ違うぞ！　俺はマット・アディソンだ！　俺は人間だ。ちくしょう、俺の体を、人生をこんなふうに勝手に取り上げるな！　ここから出してくれ！〟

これはサンプルフォームか何かの名残に違いない。あるいは、彼の記憶の核にある幽霊プログラムだろう。いずれにせよ、それが消えるまで無視すればいいだけだ。

割れた窓を通りすぎると、ホールの床にふたつの大きなケースがあった。彼はかがみこんでひとつを開けた。

〝こんちくしょう、でかいロケット発射機だぞ。こんなでかいのは見たことがない。一体これをどうするつもりだ？〟

ネメシスはロケット発射機を取り上げた。全長およそ七フィート、肩にかけるようにストラップがついている。彼はリュックサックをかけるように楽々と、それを肩にかけた。

〝やつらは俺に何をしたんだ？〟

ふたつめのケースには、レールガンが入っていた。

〝それはヘリに取り付けるやつだぞ〟

ネメシスは巨大な手でひょいとつかんだ。

それから出口に向かった。

〈指示――ラクーンシティのなかを進め〉

ネメシスは病院内で何人かの人々を見たが、彼らは熱を発していなかったから、明らかにT・ウイルスが動かしている屍体《したい》だろう。彼らは脅威ではない。戦えという指示も受けていない。

そこで彼らのことは無視した。

ふたりの男が三人目に攻撃されるのがちらっと見えた。ふたりの男は生きていた。三人目は死んでいる。とはいえ、彼らとも戦えという指示は受けていなかったから、彼は三人を無視して、通りへと向かった。

〝一体何が起こってるんだ？　いまの男たちはレインやカプランや残りの連中と同じ制服を着ていたぞ。彼らはアンブレラ社の腕利き隊員に違いない〟

ネメシスは外に出た。

様々なタイプの壊れ、乗り捨てられた車が何台か見えた。トラック、スポーツ車、バス、セダン、オートバイ、まだほかにもある。車の窓はほとんどが割れ、粉々に砕けたガラスが通りに散乱していた。至るところに血も飛び散っている。

彼は周囲を見まわしたが、ネズミが一、二匹いるほかは、命を示すものは何ひとつ見つからなかった。

〝信じられない。あいつらはハイブを開けて、ゾンビたちを外に出したのか。いくらアンブレラ社でも、これは……〟

ネメシスは通りを歩きつづけた。自分の行く手を塞《ふさ》ぐ障害物は、大きさには関係なく脇に押しやるか、踏み潰した。彼を止められるものは何ひとつない。

あるはずがない。彼はネメシスだ。アンブレラ・コーポレーションにより作りだされた、完璧《かんぺき》な戦闘マシンなのだ。

彼はジョンソン・アヴェニューからメイン・ストリートに曲がった。遠くにT・ウイルスに動かされている屍体がいくつか見えた。人間の声も聞こえる。

「おれが欲しいか？　だったら来いよ」

屍体のひとつがショットガンの銃弾に撃たれた。

「弾はたっぷりあるぜ」

べつの屍体が撃たれた。どちらも頭のほとんどが吹っ飛んでいる。

「その調子だ。来い、来い」

ネメシスは銃弾の飛翔《ひしょう》経路の音から、その声の位置を三角測定した。しゃべっているのは、〈グラディーズ・イン〉と呼ばれる施設の屋上に立っている男だ。彼の制服から、ラクーンシティ警察に所属する特殊戦術および救出部隊《S.T.A.R.S.》の隊員であることがわかる。もっとも、彼がかぶっている大きなテンガロンハットは、正式な服装規定にはない。

ネメシスが近づいていくと、ラクーンシティ警察の狙撃《そげき》手も彼に気づいた。

「一体あれはなんだ？」

〝ばかやろう、俺に殺されないうちに、その屋上からおりろ！　だいたい、なんだってこんなところでゾンビを相手に射撃の練習なんかしてるんだ？　市民を守り、市民に仕える、

って精神はどこへ行った？　ハイブでおまえたちの仲間の振りをしたのが恥ずかしくなってきたぞ〃

ネメシスは〈モストリー・コルト〉という店のなかにも、いくつか熱シグニチャーを探知した。この店は拳銃《けんじゅう》を専門にしているスーパーマーケットのようなものだ。彼がその前を通りすぎると、なかにいる者のほとんどがやはりラクーンシティ警察の制服を着ていた。

ショットガンの弾が彼の胸に当たった。

〃ちくしょう。たったいま撃たれたってのに、肋骨《ろっこつ》を軽くこづかれた程度にしか感じないぞ。一体全体、やつらは俺に何をしたんだ？〃

「ちぇ、外したにちがいないな」屋上の狙撃手がつぶやいた。「そんなことは一度もないのに」

〃ちゃんと当たったさ、クソったれ。さっさとそこから離れろ！〃

〈指示――ラクーンシティ警察の隊員を見つけ、殺せ〉

〃クソ、よせ、やめろ。俺にそんなことをさせるな〃

ネメシスは銃尾に銃弾がこめられる音を聞いた。狙撃手が装弾し、金属どうしがぶつかる音も聞こえる。

「クソったれ！　死にやがれ！」

ネメシスはレールガンを持ち上げ、大きな重い武器をまるで六連発銃のようにひょいと構えた。

〝まるで、紙のように軽々と持ってるぞ。クソ……〟

狙撃手はレールガンが自分を狙うのを見てためらった。

〝ああ、俺だってためらうだろうよ〟

「クソ！」

〈グラディーズ・イン〉の屋上の周囲で、何百という銃弾が炸裂《さくれつ》した。だが、ネメシスはまだ狙撃手の放つ熱シグニチャーを探知していた。あの男はまだ生きている。そして屋上にある階段小屋の後ろに避難した。

ネメシスはレールガンを片手で撃ちつづけた。

同時に滑らかな動きで、肩にかけたもうひとつの武器、ロケット発射機を持ち上げ、それを〈グラディーズ・イン〉の屋上へと放った。

その直後、ミサイルで爆発した建物全体がひとつの巨大な熱シグニチャーを放った。

ネメシスは最も新しい指示を首尾よく果たし、武器をおろした。

〝ああ、なんてこった……〟

それから〈モストリー・コルト〉へと向きを変えた。

2

「どんな具合だ？」ケインはヨハンセンに尋ねた。

若い技術者は近づく少佐に顔を上げた。カール・ヨハンセンはネメシス・プログラムを担当する主な技術者のひとりだった。このプログラム・チーム者でケインが話すことに耐えられる唯一の技術者だ。

ヨハンセンは海兵隊で外地勤務を二回終わらせたあと、アンブレラ社の仕事についた。不快なクソったれだが、それでもほかの技術者よりはましだ。こういう技術者たちはひとり残らず、アシュフォードほど腹立たしい連中ではない。しかし、アシュフォードの場合は、彼の機嫌を損ねないよう細心の注意が必要だが、残りの科学者や技術者や、ほかの現実と遊離したクソったれどもにそうする必要はまったくない。

だが、ヨハンセンは〝司令系統〟や、〝命令に従う〟という言葉を真に理解していた。そのため、このプログラムとケインの連絡係を務めている。ケインが起動したネメシスの操作ボードをヨハンセンに任せたのも、そのためだった。

ネメシス・プログラムの責任者、サム・アイザックスという苛立《いらだ》たしい小男は、自分が操作すべきだと主張し、ケインのこの決定に反対した。このプログラムについては、誰よりも自分がいちばん熟知している、というのが彼の言い分だった。ミスター・ヨハンセンのことは非常に尊敬しているが、自分がボードを操作するのが、はるかに理にかなっている、というのだ。

ケインはアイザックスに〝くたばれ〟と言い捨て、ヨハンセンに任せた。

ヨハンセンは、プラズマスクリーン・モニターに表示された、ネメシスが見ているものにアクセスできる。また、彼はペリーマイク（アンブレラの子会社）が製造した最新式スピーカーを通じてネメシスの耳にも、ネメシスのバイタルサイン――これはべつのプラズマスクリーンに表示されていた――にもアクセスできる。そしてヨハンセンの指示は、コンピューター端末機を介し、エルゴノミック・キーボードでネメシスの大脳に直接入力される。

いまのところ、視界を示すモニターには、銃器店といくつかの熱シグニチャーが映っていた。屍体《したい》は赤外線には現われないから、この熱シグニチャーは生きている者たちだ。

ヨハンセンがケインの疑問に答えた。「一〇人あまりの武装した人間です。よく組織されています」

ケインは首を振った。「まだ、生存者がいるとは驚いたな」

「S.T.A.R.S.ですからね」ヨハンセンが言った。「いわばラクーンシティのスワットチームです。最高の連中ですよ」

「ふん」ケインは鼻を鳴らした。〝最高〟だという言葉は、ワンと彼の率いていた隊員たちにこそふさわしい。ここにいる連中は、大した実力もないのに優れた火器のおかげで優秀に見える、ただのパトロール警官だ。

「彼らがどの程度腕がたつか、見るとしようじゃないか」

ヨハンセンはケインの言いたいことを即座に理解し、うなずいた。これもケインがヨハンセンを贔屓《ひいき》にする理由のひとつだ。ヨハンセンはケインが言ったことをすぐさま理解する。ほかの連中と違って、彼には何十回も繰り返す必要はない。それに、これには道徳的な問題もない。まだラクーンシティにいる者は、死んだも同じだ。T・ウイルスに感染しなくても、明日の朝の浄化で死ぬことになる。だから、どういう死に方をしようと、結局は同じことだ。

なんと言っても、人命は安いものだ。

「プロトコルを変更します」ヨハンセンはそう言って椅子を回し、エルゴノミック・キーボードに指令を打ちこみはじめた。

〈S.T.A.R.S.の隊員を見つけ、破壊せよ〉

ケインはモニターを見守った。コンピューターは、警官の制服から銃器店にいる人々のほとんどの身元を確認していた。私服のひとりはライアン・ヘンダーソン、S.T.A.R.S.の責任者である警察署長だ。残りのふたりはおそらく、街が大混乱に陥ったときは非番だった警官だろう。あるいは、警官たちが守っている市民かもしれない。

ネメシスは、近くのビルの屋上にいる、S.T.A.R.S.の狙撃手を見つけた。

ケインは、狙撃手の顔写真を呼びだしているヨハンセンに近づいた。男の名前はマイケル・ガスリー、テキサス出身――それで制服とはちぐはぐなカウボーイハットの説明はつく――これまで〝やりすぎ〟で四回叱責《しっせき》を受けている。

そういう男なら、ネメシスを見つけたとたんに撃っても不思議はない。

だが、ネメシスはまったく影響を受けなかった。

いや、影響はあった。だが、ケインにそれがわかるのは、目の前にあるほかのモニターがそれを表示していたからだ。

ヨハンセンが、これらの情報について報告した。「〇・〇一パーセントの損傷を受け、細胞レベルでそれを修復中です」

ケインはうなずいた。アイザックスが言ったとおり、ネメシスの新陳代謝は過給されているため、どんなケガをしても、細胞を再生させ、癒《いや》すことができる。

ヨハンセンがケインを見上げた。「さきほどの指示を打ちこみました。ネメシスは今後、S.T.A.R.S.の制服を着ている人間を、ひとり残らず標的にします」ヨハンセンはためらった。「少佐、これはつまり、銃器店にいる私服の三人については、彼らが撃ってこないかぎり撃たないということです」

「それで構わないとも」ケインはちらっと笑みを見せた。「彼らが撃ってくる確率はかなり高い。きみもそう思わんかね？」

「思います、少佐」

この言葉がヨハンセンの口からでるのとほぼ同時に、アンブレラ社が作ったラクーンシティ警察の交通違反取り締まり用カメラのモニターが、レールガンを上げるネメシスを捉《とら》えた。

なんという光景か。

厳密に言えば、ネメシスの体はもともとマシュー・アディソンという揉《も》め事を起こすのが好きなクソったれのものだった。しかしまあ、この男の面影はもうほとんどない。

とはいえ、どんな理由にせよ、アディソンのDNAは、ネメシス・プログラムに必要な改造に対して特別に許容力が高かった。これまでに被験体となった数十人——すべてラクーンシティ刑務所の囚人で、もしも生き延びれば（もちろん、これは書類には書かれていなかった）仮出所させるという約束と引き換えに志願した者たちだった——は、この改造に拒否反応を起こし、全員が死亡している。

だが、ハイブの〈舐《な》めるもの〉に攻撃されたアディソンは、予測された症状とは違う反応を示した。あの男はすでに死んだも同じだったから、ケインはためらわずに彼をネメシス・プログラムに入れた。これを思い留《とど》まる正当な理由はひとつも思いつかなかった。

これはおまけのようなものだが、彼らはアディソンが所属していたグループに関して、非常に多くのことを学んだ。裕福な自由主義者、アンブレラ社に恨みを抱いているもと警察官、アンブレラ社を潰《つぶ》そうとする社会の屑《くず》どもの愚かしい集まりだ。ケインはすでにアーロン・ヴリセラやアディソンと同じような男女に対処する手段を講じていた。

一方、アディソンは、彼が潰そうとした会社の役に立つことになる。

もしもネメシスがうまくいけば、そしてこれを見るかぎりでは、明らかに成功しそうだが、彼らは超兵士を生みだしたことになるのだ。軍隊にいるケインのもと同僚たちが、このプログラムに大きな関心を示すことは間違いない。

ネメシスは身長八フィート、最も偉大なボディビルダーよりもはるかにたくましい筋肉質の体に、驚異的な力とスタミナを秘めている。しかもあの導管でコンピューターおよびその他の電子機器により強化されている。五感のうちの四つも強化されていた（例外は味覚だが、これはむしろ弱めてある。味覚が鋭くなっては実戦的な仕事の妨害となるからだ）。それにあの管からは様々な興奮剤が血管に直接注入されているのだ。

彼は丸太のような腕でレールガンを軽々と持ち上げ、もう一方の肩にかけた特製ロケット発射機——両方の手を使っても、これを持ち上げられる者はほとんどいない——を構えた。

そしてレールガンで屋上を撃ちながら、ミサイルを発射した。

次の瞬間、建物はマイケル・ガスリーともども巨大な火の玉となった。
ケインの胸は誇りに満たされた。
ネメシスは、銃器店に顔を向けた。

3

青いチューブトップを着たきれいな顔のイカレた白人女がラションダを撃ち殺したあと、L・Jは風をくらってラクーンシティ警察から飛びだした。通りのほうが安全だ。

まあ、ものすごく安全だとは言えないが。

あの女の考え方は正しい、とL・Jは思った。彼はラクーンで生まれ育ったかもしれないが、我慢にも限度というものがある。この細い尻《しり》をこれ以上この街におくのはまっぴらだ。ゾンビが見たければ、ビデオをレンタルすればいい。ああ、そうとも、黒人が安心して生きていられる街に行くとしよう。

L・Jはウージーとラッキー・リングを取りに、黒い尻を精いっぱい速く動かしてねぐらに戻った。今日この指輪をはずして出かけたのは、スリーカードをやるときには、重すぎるからだ。金の指輪にはひと言、〝愛〟と書いてある。なぜなら、L・Jは愛に入れこんでいるからだ。

彼はリック・ジェイムズのCDもポケットに突っこんだ。銃と指輪とリック、決してこの三つを持たずに家を出てはいけなかったのだ。

ちぇっ、逮捕されたのは、そのせいかもしれない。

これで出かける用意はできた。あとは車があればいいだけだ。

困ったことに、L・Jの車は先月ジュニア・バンクに取り上げられてしまった。たった三日支払いが遅れただけなのに。それとL・Jがバンクに、リタリンの量を調整する必要があるんじゃないか、と言い返した罰に。バンクときたら、ユーモアってものを全然わかっちゃいない。おかげで、L・Jのシボレーはバンクが経営する解体屋行きになった。いまごろは、エンジンはボルティモア、バッテリーはシアトル、ラジエーターはニューヨーク、ボディはクソったれ日本にでも渡っているにちがいない。

だがL・Jは運の強い男だった。ドアの外に出たとたん、通りのど真ん中に停まっている美しいカマロが目に入った。

L・Jは急いで周囲を見まわした。だが、誰もいない。近づくと、エンジンの音が聞こえた。窓からさりげなく見ると、やっぱり、キーはまだイグニッションにある。

L・Jはすっかり気をよくした。黒人は贈り物に不満を言うようなことはしない。

助手席のドアはあいたままだった。床に血が少しついているが、クソ、彼のシボレーも床に血がついていた。そしていくら洗っても取れなかったから、L・Jは床の血には慣れていた。おそらく、この血を流した人間はもうゾンビになっている。

カマロにはCDプレーヤーまでついていた。

運転席に乗りこんだとたん、白人の少年が屋根に落ちてきて、L・Jをぎょっとさせた。

少年はゾンビの目とあのクソ不気味な歯をしていた。

「どけよ、このクソったれ！」

彼はアクセル・ペダルを思いきり踏んで、ギアをドライヴにぶちこみ、それから急ブレーキをかけた。

ゾンビのクソったれはおとなしくボンネットから落ちてくれた。アクセルを踏みこんだ拍子に、助手席のドアが自然に閉まり、苦労して閉める手間がはぶけた。

L・Jの望みは、このラクーンから出ることだけだった。どこの角を曲がっても、ゾンビのクソったれがいる。

しまいには吐き気がしてきた。あれを見るのは、ほとほとうんざりだ。

婦人警官が、ちぎれかけた腕を垂らしながら、足を引きずって通りを歩いていた。

L・Jがまだシボレーを持っていたとき、あの婦人警官はいつも彼を目の仇《かたき》にして、駐車違反のチケットを切ったものだ。L・Jは駐車メーターにコインを入れたことがない。紙幣しか持たない主義なのだ。彼のビジネスでは、小銭などひとつも使わない。だから、硬貨を持っていなくても、なんの不思議もなかった。彼は携帯電話を持っていたから、公衆電話で硬貨が必要になることもない。

L・Jは婦人警官に車を寄せ、彼女を轢《ひ》いてやった。

「ざまあみろ、このクソったれ！　一〇ポイントだぞ、こんちくしょう！　俺の尻にキスしやがれ！」

笑いながら、リック・ジェイムズと一緒に歌いながら——三年たっても、リックはまだ最高だ——彼は角を曲がってハーバー・ストリートに入った。

ここだけは、この街を出たあとで恋しくなるにちがいない。〈プレイヤズ・クラブ〉はこの通りにある。彼はよく夜更けにあの店に入っては、でかパイの女のGストリングに一ドル札をはさみ、テーブルで踊る女に二〇ドルを与え、ときには、運がよくてたまたま充分な金があれば、女のひとりを裏の路地に連れだした。

いちばんのお気に入りはラワンダだった。あの娘の踊りときたら。一秒たりとも止まらない。それにあのおっぱい！

そのラワンダが、厚底の靴をはいてよろめきながら通りを歩いていくのが見えた。白いタンクトップに黒い革のミニスカート、片脚にでかい穴があいている。

L・Jは彼女が死んだことを残念に思った。だが、ラワンダは死んだあとでも、素晴らしくきれいだ。

「よお、ラワンダ」彼はゾンビの売春婦に声をかけた。「あんたはいまでも最高だぜ！」

白いタンクトップの下はノーブラだった。ゾンビであろうがなかろうが、ラワンダは誰よりイカしてる、L・Jはそう思った。

突然エアバッグが顔の前で爆発した。同時に背中に鋭い痛みを感じた。

頭の霞《かすみ》が晴れるまでに何分もかかった。だが、ようやく彼はエアバッグの下から出て、ドアを開けようとした。

びくとも動かない。

肩で思いきり押すと、黒板を爪で引っ掻《か》くような音とともに開き、彼は車から落ちた。カマロはひしゃげていた。売春婦の尻に見とれていたせいで、通りの真ん中に乗り捨ててあるフォードの尻に気づかなかったのだ。

カマロはおしゃかになった。エアバッグが飛びだした車を運転するのはごめんだ。まったく、なんてヤワな車だ。

立ち上がると、彼はゾンビに囲まれていた。婦人警官、売春婦、それに見たこともないほかの連中に。

「ああ、クソ」

彼は走った。

ゾンビのクソったれに関してひとつだけありがたいのは、彼らが走れないことだ。おかげでL・Jは問題なく、ハーバーとメインの角にたどり着いた。

メインに曲がると、またしてもゾンビが歩いてきた。

「ちぇっ、おとなしくマイケル・ジャクソンのビデオに入っててろよ」

ようやく明かりのついた、人間のいる建物が見つかった。本物の人間だ。〈モストリー・コルト〉。L・Jはこの店を知っていた。仲間のなかには、ここで銃を買う連中もいる。だが、L・Jは違う。ランス・ハロランという名前の白人の若造がマネージャーだ。L・Jは自分の銃を決して白人から買わない。

だが、今日は選んでいるゆとりはなかった。

彼は誰かが閉めようとしているドアに走りよった。

「待て」彼は叫んだ。「待ってくれ！」

彼はドアの隙間から体をねじこみながら、店のなかを見まわした。

おまわりだ。

おまわりがうじゃうじゃいる。

もっと悪いことに、この連中は全員がS.T.A.R.S.だ。

「クソっ！」

白人のうち、S.T.A.R.S.の制服を着ていないのは、ふたりだけだった。ハロランと、もうひとりはネクタイを締めた年配の白いクソったれだ。この男もおまわりにちがいない。

「外のほうが安全だったかな――こいつは、白人至上主義の集会か何かか？」

全員が、頭のおかしい黒人め、という顔でL・Jを見た。

ああ、ちくしょう、俺は狂ってる。L・Jはそう思った。おかげでこの白人たちと籠《ろう》城《じょう》するはめになりそうだ。

「地球はおまえらだけのもんじゃないぞ、クソったれ。そうだろ?」

パンプアクションのショットガンを手にしていた私服のおまわりが、それを持ち上げた。

L・Jはたじろいだ。するとおまわりは、それをL・Jに手渡した。

「ほら」

白人のクソったれが、黒人にショットガンを渡す? カレンダーの今日のところに、でっかい丸をつける必要があるぜ、ちくしょう!

だが、彼には白人のお情けなど必要ない。彼はコートを開き、自分のウージーを見せた。

「これはカスタム仕様だぞ」私服が言った。

「そうだぞ、L・J」ハロランが言った。「この店じゃ、屑は売らないからな」

「ああ、ハロラン、あんたは子鹿をショットガンで撃ち殺すような、ぴりぴりした白人に売るだけだ」

おまわりがハロランに顔を向けた。「きみはこの愚か者を知っているのか、ランス?」

「L・J・ウェイン。よくいる街のゴミですよ」

自分のウージーのひとつを持ち上げながら、L・Jは言った。「言葉に気をつけろよ、ハロラン。俺は街のゴミの例外だぞ。どうしてだかわかるか?」

「なぜだね?」おまわりが笑いながら尋ねた。

「俺はまだゾンビになってない。ちゃんと息をしてるからさ」

「たしかにな。私はヘンダーソン署長だ。ここに留まりたければ、言うとおりにしてもらうぞ。さもなければ、私がきみを撃ち殺す。わかったか？」

「ああ、合点だ、署長。ゾンビのケツを吹き飛ばそうぜ」

ヘンダーソンは微笑を浮かべ、ハロランに向き直った。「シャッターを下ろしてくれ」

「いいですとも」ハロランはL・Jをじろりとにらみながら言った。「すぐやります」

ハロランが表通りに面した窓のところに行き、金属のシャッターを引きおろす取っ手に手を伸ばしたとき、L・Jは言った。「あれはなんだ？」

L・Jはこれまでの人生で多くのクソを見てきた。今日だけでも、数え切れないほどのクソを見た。だが、あんなものは一度も見たことがなかった。

少なくとも、身長九フィートはありそうな白人だ。いくつもの管が両腕に入っては出ている。全身の筋肉は、アーノルド・シュワルツェネッガーか、アーノルド・パーマーに見えるほど見事だ。

これはゾンビではない。

もっとひどいものだ。

ゾンビよりひどいものがいるとは……。

バカでかい男は、二つのバカでかい武器を持っていた。ひとつはヘリに搭載する銃だが、こいつはそれを片手で持っている。

反対の肩には、ロケット発射機がある。

ひしゃげたカマロからリック・ジェイムズのCDを回収すべきだった、とL・Jは悔やんだ。いまの彼にはありったけの幸運が必要だ。

それから大男は隣のビルのひとつに向かってレールガンを撃ちはじめた。

「くそ、ガスリーがいるビルだぞ！」警官のひとりが叫んだ。

ヘンダーソンはその警官をじろりとにらんだ。その顔を見て、L・Jの震えはいっそうひどくなった。「ガスリーはあんなところで何をしているんだ？」

叫んだ警官は肩をすくめた。「射撃の練習をしたいと言ってました」

ヘンダーソンがガスリーという間抜けについて不満をもらす間もなく、大男がロケット発射機を片手で持ち上げ、それまで撃っていたビルを吹き飛ばした。

ハロランはシャッターを閉めるのも忘れて、外の光景に目を奪われている。ヘンダーソンが叫んだ。「早くしろ！」

L・Jはまだショックからさめていなかった。「なんてこった、あの大男を見ろよ」

最後のシャッターがヨーロッパにある古い城の門のような音をたてて落ちてきた。

「これであいつはここに入れませんよ」ハロランは言った。

おいおい、このおまわりたちは全部ノウタリンか？「あいつはロケット発射機を持ってるんだぜ！　俺たちはもうすぐ吹っ飛ばされるんだ！」

「いいから物陰に隠れろ！」ヘンダーソンがわめいた。

警官たちはひとり残らず展示ケースやカウンターの後ろで位置についた。店の真ん中に立っているのはL・Jひとりだ。こいつはまずい。彼はカウンターの後ろへと走った。不安なときは親分といろ、だ。

次に聞こえた音はあまりに大きかったので、L・Jは思わずウージーを取り落とし、両手で耳を塞《ふさ》いだ。大男はヘリの銃で、店の正面を撃っているのだ。

それから銃が沈黙した。L・Jの耳はまだ鳴っていた。クソ、おそらく一時間はこのままだろう。だが、あの大男は撃つのをやめたようだ。

店の前には大きな穴があいていた。あの大男と同じくらいでかい穴だ。まるで、コミックのなかで誰かが壁を突き抜けると、ちょうどそいつそっくりの形をした穴があくみたいに。

L・Jはウージーをつかみ、そのドアに向けた。このL・J様が、ロケット発射機を持ったクソったれ大男なんかに負けてたまるか！

彼は待った。

さらに待った。

もう少し待った。

あいつはどこに行ったんだ？

それから何かが壊れる音がして、彼は咳《せ》きこみはじめた。

大男は天井から飛びこんできた。L・Jは漆喰《しっくい》の埃《ほこり》を食わされた。大男はヘリの銃を撃ちはじめた。警官たちも応戦したが、いくら撃たれても、一向にこたえない。L・Jはカウンターのなかで縮こまり、アイスクリーム・コーンみたいに固まっていた。彼は祈るのに忙しくて動くどころではなかった。地獄がママの口癖のように恐ろしいところでないことを彼は祈った。

おまわりのひとりが裏口から駆けこんできて、手にしたMP5Kを自動で連射した。大男はたじろぎもせず、無造作に振り向き、レールガンでそのおまわりを吹っ飛ばした。L・Jは右を見た。ヘンダーソンの体にはクソったれスイスチーズよりもたくさんの穴があいていた。周りを見ると、ほかのおまわりも全員死んでいる。

ちくしょう！

〈モストリー・コルト〉でL・Jのほかに生きている人間は、あの大男とハロランだけだった。

ハロランはショットガンを手にカウンターのなかで立ち上がった。

彼は激怒しているように見えた。

「クソったれ！」ハロランは叫びながら、ショットガンの銃弾を大男の腹にぶちこんだ。

何も起こらなかった。大男は反応もしなかった。ただ、立っているだけだ。

それからヘリの銃を上げ、ハロランを撃った。

L・Jは戦いを好まない。彼はたったいま部屋いっぱいのおまわりを全滅させた、一〇フィートもある大男に向かって、ショットガンを撃つほどバカでもない。

彼はウージーを落とした。

「や、やあ」彼は早口に言って、目を閉じ、大男が黒い尻《しり》を地獄まで吹き飛ばすのを待った。「ど、どうも。さよなら」

株の信用売買にママを巻きこんだことを、結局、謝らなかったことだけが心残りだ。あの罰金を払うのに、ママは何年もかかった。彼は助けてやりたかったが、自分でも問題を抱えていた。

数秒後、L・Jはまだ死んでいなかった。

彼は目を開けた。

大男はさきほどシャッターにあけた穴から店を出ていくところだった。

うひょおー！

指輪をはめてるだけでも、運が足りたのかもしれない。

4

ジル・バレンタインは、アリスという女が自分の銃を分解するのを見守っていた。一瞥《いちべつ》しただけでは、アリスにはそれほど大して見るものはない。まあ、たしかに、器量はスーパーモデル並みだが、体格はごくふつうだ。まずまずの体形とはいえ、毎日エクササイズを欠かさない一般市民と変わらない。

だが、ジルは、とても人間業とは思えないような動きをいくつも見た。

しかしまあ、今夜のラクーンシティは人間ではないものがひしめいている。

謎めいた電話を受けたあと、アリスはジルとペイトンとモラレスをスワン・ロードに放置されている路面電車へと導いた。そしてさきほどの電話の内容を彼らに話しはじめた。ジルは落ち着いた外見を保っていた。誰かがそうする必要があるからだ。ペイトンはともすれば意識を失いそうになる。それにモラレスはまるっきり無能な女だ。

アリスは話しながら機械的に分解掃除を続けていた。長いことこんなところを見せつけられたら、深刻な劣等感に悩まされることになりそうだ。ジルはひそかにそう思った。

「彼の名前は、チャールズ・アシュフォードよ。アンブレラ社の先進遺伝子およびウイルス研究部門を総括しているの」

モラレスが目をぱちくりさせた。「彼らのために働いているの？」

「そのとおり」

「で、何をしてもらいたい、って？」ジルは尋ねた。アシュフォードという男がアンブレラ社で働いていることぐらい、子供にもわかる。さもなければ、どうしてラクーンシティ警察の交通取り締まり用カメラにアクセスできる？　テレビのレポーター——まあ、もとレポーターだが——なら、重要な質問と愚かな質問の見分けぐらいはつきそうなものだ。

彼女がもとレポーターである理由は、そのへんにあるのかもしれない。

アリスはジルの質問に答えた。「娘のアンジェラが街のなかにいる。アンジェラを見つけてくれれば、ここを脱出する手助けをする、と言ったわ」

「取引はなしだ」ペイトンが疲れた声で言った。「分厚い壁の頑丈なドアがついてるビルを見つけ、そこに立てこもるんだ。そして助けが来るのを待つ」

ジルは首を振った。ほかの状況なら、その方法が正しい。だが、これはそんな簡単にはいかないという予感がした。

アリスがそれを裏付けてくれた。「救出は来ないわ。アシュフォードによれば、アンブレラ社はT・ウイルスの感染を封じこむことはできないと判断したの。彼らは日の出を待って、ラクーンシティを完全に浄化するのよ」

モラレスは青くなった。「浄化？」

「精密な戦術核爆弾でね。半メガトンの核出力の。これでウイルスは絶滅し、あらゆる証拠も消滅する」

この種の答えを予測していたにもかかわらず、ジルはぶるっと身を震わせた。モラレスは呆然としている。ペイトンはこれ以上ないほど深いショックを受け、そうでなくても青ざめた肌がいっそう血の気を失った。彼はひどい汗を搔いていた。

「そんな話は信じないぞ」ペイトンは言った。「つまり、どうやって言い抜けるつもりだ？ たちまち全国のニュースで取り上げられるに決まってる」

「もっともらしい理由はすでに用意されているわ。明日の朝まで待っているのは、そのせいなのよ。原子力発電所の炉心が溶解し、悲劇的な事故が起こるの」

ペイトンは首を振った。「いくらアンブレラ社でも、そこまでやるわけがない」

ジルはアークレーのことを思い出した。アンブレラ社は森全体をうろつくゾンビたちを始末し、警官どうしをいがみ合わせて、優秀な仲間——つまり、彼女だ——をオオカミに投げ与えるよう、ラクーンシティ警察のお偉方を説得した。彼らはまたこの状況を、最初に作りだすだけの力があった。

ええ、不可能ではない。

彼女はアリスに顔を向けた。「あなたは彼らを知ってるわ。どう思う？」

アリスはまったくためらわず答えた。「明日の日の出るまえに、ここを出るべきだと思うわ」

　これを強調するかのように、彼女はカチリと音をさせてウージーのひとつに弾倉を入れた。

「いいわ」ジルは言った。「早速取りかかりましょうよ」すでに二挺《ちょう》とも装弾し、ホルスターにおさめていたジルは、ペイトンに肩を貸して立ち上がった。「どこに行くの？」

「アンジェラは自分の学校に隠れている、アシュフォードはそう言ったわ。ハドソンとロバートソンの角にあるやつよ」

「どうしてそんなことがわかるの？」

「この街の至るところに監視カメラがある。彼はそれにアクセスできるのよ」

「なるほど。だからって、彼を信頼できるとは言えないわよ」

「する必要はないわ」

　ジルはうなずいた。最悪の状況だが、それを言うなら、今日は一日中そうだった。少なくとも、これなら何かをしていることになる。

　それに、子供がこの街に閉じこめられているのは気に入らない。たとえその子の父親がアンブレラ社の重役だとしても、だ。

「街から出る方法がひとつもなかったら？」彼女は路面電車を出て路地のはずれへと戻りながら、アリスに尋ねた。

アリスは肩をすくめた。「今夜はほかの予定が入ってる？」

ジルは皮肉たっぷりに笑った。「いいえ、私はいつもおめかしするの」

アリスは微笑を返してきた。そういえば、彼女が笑った顔を見たのはこれが初めてだ。

アリスはまだ、日本刀みたいにエレガントだが破壊できない、みたいな厳しい雰囲気を漂わせているが、笑顔の彼女はほんの少し人間らしさが増す。

アリスは笑みを消し、立ち止まった。

「待って」

彼らはまだ路地にいた。ラクーンシティ警察のパトカーがすぐそばに放置されている。

アリスはこの路地がスワン・ロードとぶつかる入口を見ている。

「どうしたの？」ジルが尋ねた。

だが、アリスは入口を見続けている。

ペイトンが通り越して先に出ようとすると、アリスは彼の腕に手を置いた。

「だめ」

ペイトンは不機嫌な顔でその手を見下ろし、うなるように言った。「日の出は待ってくれないぞ」

「あそこに何かがいるわ」アリスは断言した。

その声に含まれた確信がジルを不安にしたが、彼女には何も見えなかった。動きも、何もない。アリスは真実を告げている、彼女はそう信じたかった。しかし、この女のことは、実際には何ひとつ知らないのだ。

とはいえ、アリスはすでに、その気になればいとも簡単にジルたちを殺せることを何度も示してきたが、殺さなかった。彼女が教会の化け物や墓地のゾンビたちをあっさり始末したことを考えれば、これは最小限の信頼の基礎になるはずだ。

だが、路地の終わりには、路地の終わり以外のものは何も見えない。

「何も見えないぞ」ペイトンが苛立《いらだ》たしげに抗議した。

「でも、何かがそこにいることは変わらないわ」アリスの声には、同じ確信がこもっている。

「無駄にしている時間はないんだ」ペイトンはアリスを押しのけて、路地を歩きだした。

「だめよ――」アリスが止めたが、ペイトンは彼女を無視した。

ジルも彼のあとに続こうとすると、同時に何十発もの弾が発射される音が耳を打った。

その弾がペイトンに当たる。弾丸が彼の体を突き抜け、血が飛び散った。ペイトンは後ろに飛んだ。

彼は立っていた場所からおよそ六フィートも吹っ飛び、地面に落ちるまえに死んでいた。

「ペイトン！」

ジルが顔を上げると、影のなかから誰かが出てきた。

その男は身長が少なくとも八フィート、驚くほどたくましい筋肉の持ち主で、たくさんの管が体のなかに入りこみ、そこから出ている。彼は大砲みたいな銃を持ち、ロケット発射機を斜めに背中にかけていた。ちょうどアリスがショットガンを背中につけているように。

一体全体、こんな大男が、どうやって影のなかに隠れることができたのか？

モラレスが靴下のなかにクソがあるような顔をした。

「あれは何？　誰か教えてちょうだい。一体あれはなんなの？」

「ネメシスよ」

ジルはこの言葉をつぶやいたアリスをぱっと見た。

それからペイトン・ウェルズの死体を見下ろした。

ラクーンシティ警察のお偉方と違い、ペイトンはいつも彼女を信じてくれた。もっと正確に言えば、ジルの能力を信じてくれた。きれいな顔の若い女がS.T.A.R.S.にいることを、誰もが一〇〇パーセント喜んでいたわけではない。すぐれた射撃の腕前も、有能な警官であることも二の次で、若く美しい女だという事実が常に先にくる。そして彼らは、彼女は上司と寝てS.T.A.R.S.になった、と結論を下す。ペイトンはそう言って彼女を非難する者に食ってかかった。まあ、ジルは助けを必要としていたわけではない。抜きがたい偏見を持っているクソったれに負けるようなヤワではないが、それでも、彼の支えはありがたかった。

ジルが停職になると、ペイトンはヘンダーソンにさえ食ってかかり、もう少しで自分も停職になりかけたくらいだ。

だが、彼は死んで路地に倒れている。

ジル・バレンタインは今日、たくさんの死体を見た。一生警官として働いてもお目にかからないほどたくさん。

だが、今日見た死体のうち、これは彼女がその死を悼む初めての死体だった。

気がつくとジルは、オートマティックを連射しながらネメシスなるものに向かっていた。

すべての弾が彼に当たった。

だが、なんの効果もなかった。

ネメシスはたじろぎもしなかった。

彼は大きな銃を上げた。

まだオートマティックを撃ちつづけ、蓋《ふた》のない貨車のようなゴミ箱の陰に飛びこみながら、ジルはそれがレールガンだと気づいた。あの弾丸の一発でも当たれば、彼女の体はティッシュペーパーのようにずたずたになる。

ペイトンと同じように。

ゴミ箱の陰に達したとたん、二挺のオートマティックが同時に弾切れになった。レールガンが短い間をはさんでリズミカルな音をたて、それから一〇分の一秒遅れて弾丸がゴミ箱を叩《たた》く。さいわいなことに、一発も貫通しなかった。

いまのところは。

ジルは弾をこめた。どうやってここから出ればいいのか？　彼女が撃った弾は一発残らずあいつに当たっている。外したことは一度もないし、さっきも外さなかった。

だが、ネメシスとやらの皮膚は、明らかに防弾チョッキと同じらしい。

まったく、踏んだり蹴《け》ったりだ。

銃声がやんだ。

ジルはゴミ箱の上からちらっとのぞいた。

ネメシスはアリスを見ていた。

アリスも彼を見ている。

その後ろでは、モラレスがこの様子をビデオカメラにおさめていた。エミー賞のために。

これからどうなるのか？

「行くのよ」ネメシスとにらみ合いを続けながら、アリスはジルに言った。「いますぐ！」

ジルはペイトンの亡骸《なきがら》を見下ろした。

アリスはネメシスから一度も目を離さなかったが、ジルがペイトンを見ていることに気づいた。「彼は死んだわ。あなたもそうなるか、それとも、私の言うとおりにするかよ」

ジルはまだペイトンの体を見ていた。

ほかはともかく、彼が死んでいることはたしかだ。彼の体にはジュリアス・シーザーよりもたくさんの穴があいている。

なぜだかわからないが、ジルはアリスを信頼した。それにこれもなぜかわからないが、アリスはネメシスとひとりで対決するつもりだ。

私に文句はないわ。

ジルは路地から走りでた。するとスワン・ロードの真ん中、二本の黄色い線の上に、横向きに放置されたトラックが見えた。運転台のドアが大きく開いている。ジルはダッシュボードの下を手探りして、イグニッション・パネルを開き、配線をつなげてそのトラックのエンジンをかけようとした。

驚いたことに、モラレスが助手席に乗りこんできた。

「あら、どうしたの？」ジルは顔を上げずに尋ねた。「あの一大決闘をカメラにおさめないの？」

「決闘なんかクソ食らえよ。私はここから出たいの。アシュフォードという男の娘を捜せば、ここを脱出できるなら、喜んで取引に応じるわ。あなたのお友だちみたいになるのはいや」

ジルは奥歯を嚙《か》みしめ、言い返したいのをこらえて必要な配線を引っ張りだした。

「それに、彼女は——狂ってるわ。あれに対抗できるわけがない」

エンジンがかかった。ジルは無駄に過ごした若いころ、様々な技術を教えてくれた父親に心のなかで感謝し、車に乗りこもうとして——

——血だらけ、銃弾だらけのペイトン・ウェルズと顔を突き合わせた。

「ペイトン！」

血に覆われていない顔の肌がこれまでより蒼白《あおじろ》く、彼の目はうるんでいる。

ペイトンは嚙みつこうとした。ジルはオートマティックを引き抜き、彼を蹴って頭に狙いをつけた。

だが、引き金を引くことができなかった。

するとペイトンは再び飛びかかってきた。

モラレスが悲鳴をあげる。

墓地でアリスに言った自分の言葉が甦《よみがえ》った。「そうなったら、私が自分でやるわ」

ジルは引き金を引いた。

銃弾が当たった瞬間、ペイトンは頭をのけぞらせ、それから完全に死んでジルの腕のなかに倒れてきた。

ジルはぎょっとして飛びのき、トラックの運転台に乗りこんだ。ペイトンがうつぶせに道路に倒れる。

「ああ、まったく、なんてこと」

「アーメン」モラレスがつぶやく。

「さあ。子供を助けに行くわよ」

彼女はドアを閉め、シートベルトをすると、トラックのギアを入れて、スワン・ロードを走りだした。

すると、誰かがトラックの前に飛びだしてきた。

5

アリスはネメシスを見つめた。

ネメシス・プログラムのことは知っていた。もちろんだ。ハイブのセキュリティ・チーフとしては、それを知る必要があった。

だが、あのプロジェクトはうまくいかなかった。究極的な超兵器を作りだそうとすることれまでの試みは、いずれもみじめな失敗に終わっていた。

だが、ここに成功した被験体がいる。

ずいぶんと長身の男だ。

私がもっと急いでさえいたら。アリスはそう思わずにはいられなかった。リサ・ブロワードを利用して、アンブレラ社の悪事を暴露しようという計画を思いついたのは、何週間もまえだった。だが、彼女は用心深く事を進めた。まずリサがこの仕事に適した人間であることを、確認せずにはいられなかった。それから〈チェ・ブオノ〉に昼食に招待し、リサに話をもちかけた。

すると、どうだ、彼女がこの計画の引き金を引いたまさにその日に、自分がそれを盗みだしたことを隠蔽《いんぺい》するため、スペンスはT・ウイルスをハイブにまき散らした。

彼女がもう一日早く行動していれば、こんなことはひとつも起こらなかった。

彼女はネメシスをにらみつづけた。

彼の目は……どこかで見た覚えがある？

いいえ、それ以上だ。ネメシス自体によく知っているところがある。とても奇妙に思えるが、体だけではなく、根本的な概念そのものに。

肋骨《ろっこつ》のなかで、心臓が大きな音をたてる。ラクーンシティ病院で目覚めて以来、彼女の強化された五感のせいでずっと心音は聞こえていたが、これまでより大きな音がする。

一瞬後、彼女はなぜだか気づいた。

自分の鼓動だけでなく、ネメシスの鼓動も聞こえるのだ。

そのふたつがぴたりと重なっている。

ネメシスが一歩前にでた。

アリスもでた。

彼女は左右のウージーを引き抜いた。

ネメシスがレールガンを構える。

アリスはウージーの弾丸をネメシスに叩きこんだ。

だが、胸のど真ん中に弾丸をくらっても、たじろぎもしない。

彼らは二頭の雄牛のようにどちらも譲らず、たがいに向かって駆け、ついにあと三歩のところまで近づいた。

アリスは空中に跳び、宙返りを打ってネメシスの上を越えると、彼の後ろに着地した。そして彼が振り向くまえに、路地の裏にあるバスケットボール・コート目指して走りだした。

コートに走りこみながらゲートを閉めたが、思ったとおり、ネメシスの速度はこれっぽっちも遅くならなかった。だが、驚いたことに、ネメシスは金網のフェンスを無造作に引き裂くことはせず、パトカーに飛び乗り、フェンスの上を飛び越えた。

ネメシスがコートに着地すると、大きな足の下でアスファルトがひび割れた。彼は巨大な拳《こぶし》を振り上げ、それを振り下ろした。

寝返りを打って転がっていなければ、アリスの体は間違いなくつぶれていた。

彼女はコートのなかを走り続け、ネメシスに追いつくチャンスを与えなかった。残念ながら、狭いコートのなかは、決して有利とはいえなかった。彼女はスピードがあるし、小回りがきく。だが、これを最大限に利用するには、もっと大きな場所が必要だ。

あっという間に、彼はアリスを片隅に追いこんだ。

そこで彼女はフェンスを駆け上がり、それを越えて反対側に立った。

これが稼いだのは、わずか二、三秒。

だが、運がよければそれで充分だ。

彼女はスワン・ロードに走りでて、通りを横切り、クリーヴランド・ストリートの角にあるオフィスビルへ向かって走った。ビルのドアは、クリーヴランド・ストリートを曲がってすぐのところにある。だが、すぐ前におあつらえ向きの窓があった。アリスは走りながら跳び、両腕で顔をかばってその窓から飛びこんだ。

その瞬間、レールガンの音がした。

クソ。

両腕全体と肩に冷たい痛みがある。肌に突き刺さったガラスのかけらだ。その直後、左腕の一箇所に熱い痛みがきた。

レールガンの銃弾が当たったのだ。

一発しか当たらなかったのは奇跡だろう。

割れたガラスが散乱する床を転がって横切ると、アリスは流れる血も痛みも無視して走りだした。

遺伝子操作で生まれた八フィートの怪物は、壁を突き破り、漆喰《しっくい》と煉瓦《れんが》を粉々にして歩いてくる。

アリスは彼の行く手に支柱がないことを心から祈った。

彼女のスピードがこの鬼ごっこで役に立たないひとつの理由は、ネメシスの歩幅のほうが、彼女よりはるかに大きいせいもあった。たちまちのうちに距離が縮まる。アリスは自分がどこに向かっているのか考えるゆとりもなく、ただ走るしかなかった。

だが、これは間違いだった。気がつくと、前方の通りが建物の壁で終わっていた。その壁には、鋼鉄のドアがついた郵便シュートがあるだけだ。あとは戻る以外にここを出る方法はない。

だが、後ろにはネメシスとふたつのばかでかい武器がある。

アリスは走りながらウージーを使って郵便シュートのドアを撃ちはじめた。それからさきほど窓に飛びこんだのと同じように、頭からドアにぶつかった。強化された力と銃弾の力で、シュートのドアが充分弱り、そこを突き抜けられるほうに賭《か》けたのだ。

ありがたいことに、この賭けは報われた。ぶつかったときの衝撃が骨まで響いたものの、彼女はドアを突き抜け、シュートを落ちていった。

とても細いシュートだ。ネメシスには逆立ちしても通れない。それにこの建物の構造から、彼がこのシュートの周りを広げるのは無理だ。あいつは外をぐるりと回り、建物の裏手から入ってくるしかない。

そのころには、アリスはとっくにここを離れているつもりだった。

彼女は地下の床に転がり出た。一〇フィート離れた右手に、ふだんはこのシュートのすぐ下に置かれている大きなキャンバスの袋があった。彼女は落ちてくる勢いでそれを突き抜け、倒し、引き裂いて衝撃を弱めたいと願っていたのだが……まあ、ときには思いどおりにいかないこともある。

立ち上がったとたん、白熱の槍《やり》が突き刺さったような痛みが左腕を貫いた。ドアに体当たりしたときに肩がはずれたのだ。ほかにも二頭筋を撃たれ、着地したときに指を二本骨折した。ガラスのかけらで全身に切り傷があることは言うまでもない。

部屋を横切ると、彼女は唯一の入口から一番遠い、そして郵便物を入れる袋がいくつか並んだ後ろの壁にもたれた。そこなら少しツキがあれば、ネメシスがあのドアから入ってきたときに、彼女の姿は見えないはずだ。

古い郵便袋のキャンバス布を裂いて止血帯代わりに片手で結び、銃弾の傷の出血を止める。

何年もまえ、まだ財務省にいたころ、追いはぎに襲われたことがある。その男は無力な若い女性が暗いワシントンの通りを歩いてくると思いこんだのだ。アリスはかなり短時間で彼の間違った思いこみを正したが、そのまえにこのチンピラに飛びだしナイフで左肩を切られた。

左の肩にはまだそのときの傷がある。ナイフが突き刺さったときの恐ろしい痛みと、それがしだいに癒《いや》されていくときの痛みは頭に焼き付いている。再び左腕がもと通りに使えるようになるには、何週間もかかった。アリスは左利きだったから、これは気が狂うほど苛立《いらだ》たしいことだった。

だが、今日彼女が受けた外傷は、そのナイフの傷よりも何倍もひどいにもかかわらず、痛みははるかに弱かった。

実際、こんなケガをしたら、ふつうならショックか失血で気を失うはずだ。

だが、そのどちらも起こっていない。

代わりに彼女は自分で肩をはめ、折れた指の骨をまっすぐに戻した。

その瞬間の痛みはたしかにすさまじかった。だが、アリスはそれを頭で感じるだけで、そのために体全体の力が抜けることはなかった。

これもアンブレラ社がしたことと、関わりがあるにちがいない。

アリスは腕を見下ろした、ガラスのかけらで切れた傷はすでに治っている。

彼女は回復ぶりに満足し、立ち上がった。地下に着いたあと力が入らなかった右足もすっかりもと通りだ。

まだ、ネメシスは姿を現わさない。

そこでアリスは思い切って唯一のドアへと向かった。少女を救出する仕事が待っている。

6

ジル・バレンタインの望みは、ラクーンシティから出ることだけだった。

容赦なく自分に正直になれば、彼らに停職を言い渡されたときから、ずっとそうしたいと思ってきたのだ。ええ、正直になるのに、これほどふさわしいときがある？　ゾンビに変わった親友の頭を撃ったすぐあとで、恐くて震えてる天気予報のレポーターを隣に乗せ、ひとけのない通りを、キーなしでエンジンをかけたトラックを走らせているいまほど？

彼女が生まれて初めて心から願ったのは、ラクーンシティ警察の警官になることだった。アカデミーを卒業したときの喜びはいまでも鮮やかに覚えている。あれは生涯最良の日だった。それに匹敵する出来事は、S.T.A.R.S.に任命されるという途方もない名誉を受けたことぐらいだ。

だがいまは、街全体が狂い、死にかけている。いや、違う。すでに死んでしまった。この街は、アンブレラ社がゾンビの実験に着手したときに死んだのだ。それが今日の大惨事をもたらした。

いまのジルは、たったひとつ〝ラクーンから出る〟ことしか頭になかった。

それにはアンジェラ・アシュフォードを見つけだす必要がある。少女の父親に、行く手を遮る障害を取り除いてもらうために。もしもその父親が約束を破れば、娘を人質に使い、望みを達するだけだ。

これは善玉教本には載っていない手段だが、いまのジルにはそんなことはどうでもよかった。

ハンドルを握った両手をちらっと見下ろす。血だらけの手を。

ペイトンの血だ。

そして顔を上げると、男がひとり、前方の道路の真ん中で飛び跳ねていた。

ジルはとっさにブレーキを踏んだ。あの男には見覚えがある。

警官の控え室で、ゾンビの売春婦に嚙《か》まれそうになっていた犯罪者だ。

あのときと同じように、すごい早口で話している。傷がひとつもないところを見ると、感染していないようだ。

いまのところは。

男はすぐ横の窓に走ってきた。ジルはその顔にオートマティックの銃口を向けた。

男がとっさに両手を上げる。「落ち着けよ、おまわりさん。落ち着いてくれ！　おれはあいつらとは違うぜ！　嚙まれてもない」

それを証明するために、男はひと回りしてみせた。着ているものは少しばかり傷んでいる——それにとんでもなく醜い——が、深刻なケガはしていない。

ジルは顎《あご》をしゃくって助手席側を示した。「乗りなさい」

男はトラックの反対側に回った。「クソ——この街の最後の生き残りかと思ったよ。だが、撃ち合いの音が聞こえたんで、走ってきたんだ」

彼はドアを開けてモラレスの隣に乗りこみ、彼女に向かって片手を差しだした。

「ロイド・ジェファーソン・ウェインだ。非公式の場では、L・Jだけでいいぜ」

L・Jがまだドアを閉めないうちに、ジルは再びトラックのギアを入れ、走りだした。

「テリ・モラレスよ」モラレスはL・Jの手を握った。

L・Jは座席から飛び上がりそうになった。「おい、あんたを知ってるぜ！　見たことがある。天気予報をやってるだろ？　有名人だ！」

「ええ、そうよ」モラレスは鳥門以来、初めて明るい顔になった。

ジルは歯軋《はぎし》りした。ペイトンは死に、アリスはフランケンシュタイン並みの怪物をなんとか宥《なだ》めようとしているのに、このジル・バレンタインは——〝有名人〟に会って感激しているチンピラと、〈ラクーン7〉のお天気娘の子守役だ。

いっそ頭を撃ち抜いて、すべてを終わりにしたくなってくる。

「こいつは驚いた！　テリ・モラレス。あんたの天気予報は素晴らしいよ！」

「ありがとう、L・J。そう言ってもらえるのは嬉《うれ》しいわ」

いや、むしろモラレスとL・Jの頭を撃つほうがはるかに好ましい。

ハドソン・アヴェニューに曲がると、L・Jが言った。「なあ、おまわりさんよ、どこへ行くんだ？　こう言っちゃなんだが、これは街から出る道とは違うぜ。それにこの街にはほかには行くとこはない。俺の言うことがわかるか？」

「アンジェラ・アシュフォードという子供を捜しにいくのよ」

「冗談だろ。この街で子供を捜す？　そいつは藁《わら》のなかに落ちた針を捜すようなもんだ」

「その子がいる場所はわかってるの」ジルは言い返した。「見つけたら、父親が私たちを街から脱出させてくれるのよ」

「ああ、なるほど。そいつは結構。今日はこの肌が白くなるような恐ろしいことを見たからな。ここからだしてもらえるなら願ったりだ。ゾンビのクソったれと、おまわりを撃つのが大好きな、腕に管を挿したまま歩いてるでかい白人がいないとこに――」

「なんですって？」ジルは早口に遮った。

「何がなんだい？」

「誰がおまわりを撃ったの？」

「管をつけた一二フィートもあるクソったれだ。〈モストリー・コルト〉でとんでもない銃を撃ちまくった。やられたのは、ヘンダーソンとかいうおまわりと、そいつが指揮してる連中だ」

ジルはハンドルをぎゅっと握った。「S.T.A.R.S.ね」

「とにかく、あの大男は、ひとり残らず撃ち殺した。だから一刻も早くここから出たいのさ」

「いいこと」ジルはこわばった声で言った。「これを手伝えば、街から出られる。だけど少しでも邪魔をしたら、この街の人々に一箇所でも噛まれたら、あんたの豆粒みたいな脳みそに鉛弾をぶちこむわよ。わかった？」

L・Jは手のひらをジルに向けて、両手を上げた。「おい、落ち着けよ、なあ、落ち着け。あんたがボスだって」

「それを忘れないことね」

ジルはハドソンとロバートソンの交差点を通過しながら首を振った。

ヘンダーソンが死んだ。

ペイトンの死があの警察署長の死を買ったのかもしれない。

一緒にいたのは誰だろう？　たぶんマーキンソンだ。ヘンダーソンから離れすぎると、あの男の鼻は禁断症状を示しはじめる。ワイルノスキーもいたにちがいない。それに彼らが銃器店にいたとすれば、あの偏狭な反動主義者ガスリーも一緒だったことはほぼたしかだ。

全員が死んだ。

『ひとり残らずやっつけろ』シリーズの、最も新しい犠牲者だ。

アリスが言った学校はすぐに見つかった。ハドソンのこちら側にある建物のなかで、明かりがついているのはそこだけだ。

これは吉兆？　それとも不吉なしるし？

ジルは学校の門のすぐ外に車を駐めた。車が一台、誰もいない校庭のそばの建物に突っこんでいる。どうやらラクーンシティ警察のトラックのようだが、どこの課のものかはわからない。それを確認する気にもならなかった。

それより、子供を見つけなくては。

L・Jはうっとりとモラレスを見つめている。「ちくしょう、テリ・モラレスか。なあ、難しいことかい？　テレビに出るのはさ」

「絶対出ると決心して一生懸命働けばいいだけよ」モラレスが明るい笑顔で答える。ジルはその顔を殴りたい衝動をこらえた。

彼女は二挺《ちょう》とも銃を引き抜き、学校の正面の入口に近づいた。モラレスとL・Jはすぐ後ろに従ってくる。

ドアがわずかに開いている。ジルがそれを押すと不気味な音をたてて鳴った。

「クソ。まるでホラー映画のワンシーンみたいだぜ」珍しく三分ほど口をつぐんでいたL・Jが、どうやらそれが限界らしくぼそりと言った。

前方には、ロッカーや教室のドアがずらりと並んだ暗い廊下が伸びている。

モラレスがつぶやいた。「昔から学校は大嫌いだったの」

「俺は違う」L・Jは肩をすくめた。「学校のスーパースターだった。銃、ヤク、女、なんでもござれだ。ルネッサンス・スタイルさ！」

ジルはとうとう我慢の限界に達した。「ひとつだけ、教えてくれる？　どういう危険が生じれば黙るの？」

L・Jは身を守るように両手を上げたものの、奇跡的に何も言わなかった。

「分かれて捜すしかないわね」

「冗談でしょ」モラレスが言い返した。「私は銃も持っていないのよ。ひとりになるのはごめんだわ」

「俺が一緒に行ってもいいよ」L・Jがにっこり笑いながら急いで申しでる。

ジルは彼を見た。「あんたは東の棟を捜して」それから自分の銃のひとつをモラレスに差しだし、「あなたは西の棟よ」

モラレスはオートマティックを受け取り、死んだネズミでも持つようにそれを持った。

「銃を撃ったことなんか一度もないのよ」

自分の足の指を撃たないようにしてくれれば、それで満足よ。ジルはそう言いたいのをこらえ、励ますような声を作った。「ちっとも難しくないわ。狙って、引き金を引く。そのまま引き続ければいいの」にっこり笑って付け加える。「できるだけ頭を撃つのよ」

ふつうの状況なら、こんなふうにばらばらになったりはしなかったろう。L・Jは全然あてにならないし、モラレスはまったくの役立たずだ。だが、いまは時間が重要だった。日の出までにここを出なければ、死の罠《わな》に変わった街でどうにか生きつづけてきた彼らの幸運は、出し抜けに終わりを告げるのだ。

アンジェラ・アシュフォードはなんとしても捜さねばならない。それも大急ぎで。ジルは地下を捜すことにした。そこに隠れている確率がいちばん高い。ほら、鬼ごっこで子供が隠れるのは、いつも地下だから。

地下室のドアを開けたとき、モラレスが自分に言い聞かせるのが聞こえた。「狙って、引いて、引き続ける。狙って、引いて、引き続ける。狙って、引いて、引き続ける……」ものすごく運がよければ、L・Jとモラレスに気づかれるまえに、子供を見つけてここをおさらばできる。

いいえ、それはひどいわ。あのふたりにも生きる権利はある――

――ペイトンには?

ちくしょう。

地下は暗かった。おまけに冷房のパイプや暖房のパイプが迷路のように交錯している。真っ暗な闇では、懐中電灯の光もほとんど役に立たない。

ここには何が隠れていてもおかしくなかった。

7

『シャフト』のテーマをハミングしながら――本当は歌いたいところだが、あいにく〃口を閉じてろ！〃というフレーズ以外は、何ひとつ思いだせなかった――L・Jは暗い学校の廊下を歩いていった。

こいつはカッコいいぞ、と彼は上機嫌で思った。ああ、たしかに、街のほとんどは死んでしまった。だが、L・J様はまだぴんぴんしてる。肝心なのはこの点だ。しかも彼は、子供を救出するという任務で廊下を見回っている。

それも、ハロランの銃器店で、セント・バレンタイン・デー並みの大虐殺を生き延びたあとに、だ。

何より嬉《うれ》しいのは、テリ・クソ・モラレスと一緒になったことだ！　ちくしょう、テレビに出てる有名人だぞ！

もう一度罪を犯せば終身刑になる、スラム出身の男にしては上出来じゃないか。

彼はこの棟の最初の教室に入った。理科の実験室か？　表面の黒い大きなテーブルは、どれも流しと水道とブンゼンバーナー付き。壁際には汚らしい水と死んだ動物が入ったガラスの器がずらりと並んでいる。

L・Jは首を振った。子供たちがこういうもんで遊んでるとしたら、世界がまともじゃないのも無理はない。

部屋の奥には、くもりガラスのドアがあった。教師がスペアの体かなんかを入れとくところだろう。クソ。

それから彼はまばたきした。あのガラスに何かが映ったぞ!

ちくしょうめ!

L・Jは大急ぎでそこを退散しかけ、足を止めた。

彼は『ナイト・オブ・ザ・リビング・デッド』に変わった警察の部屋を運よく生き延びた。

ラションダ・ザ・ゾンビに食われそうになったが、これも生き延びた。

車の衝突にも生き延びた。

それに何より、警官が満員の部屋で起こった銃撃戦にも生き延びた。

だからこれくらい、問題なく生き延びられるはずだ。

L・Jはくもりガラスがはまったドアに近づいた。

片手を取っ手にかける。

その手をひっこめた。

再び逃げだしたいという気持ちがこみあげ、それを必死に抑えつける。

ようやく勢いよくドアを引き、ゾンビの頭を吹っ飛ばそうと、改造ウージーをさっと構えた。向かいの壁際には骸骨《がいこつ》があった。子供のころL・Jがポン引きの衣装を着せたのとよく似た、フックに吊《つ》るされたプラスティックの偽物骸骨だ。

ちぇっ。

肩すかしをくったのは腹立たしいが、ほっとしたのも事実だった。ああ、そうとも、あのクソったれゾンビのひとりと対決せずにすんだのはありがたい。とはいえ、顔をひきつらせてただの骸骨にウージーを向けている図は、なんとも間が抜けている。

テリ・モラレスに見られずにすんだのがせめてもの幸いだ。

ウージーを下ろして踵《きびす》を返すと――

――クソったれゾンビにぶつかった。

彼は再びウージーを構えようとした。頭に不潔なかつらをのせ、恐ろしく醜い口髭《くちひげ》をはやした白人の男だ。服装からすると、おそらく教師だろう。それがいきなりL・Jのウージーをつかんだ。

そしてラショ ンダみたいにL・Jに嚙《か》みつこうとした。L・Jは骸骨とゾンビに挟まれて、身動きできず――

――この日二度目、生まれてから二度目に思わず祈った。

誰かがゾンビを後ろからつかみ、その首を折った。

ゾンビが倒れる。

L・Jはまばたきした。黒い服を着たラテン系の男が、たったいまゾンビを殺したぞ！ ちくしょう！

胸に付いている名札は、〝オリベイラ〟だ。

オリベイラはかがみ込んでL・Jのウージーを拾い上げ、それを差しだした。

「これは君の銃だろう？」

L・Jは呆然《ぼうぜん》としたまま銃を受け取った。このオリベイラという男は、まるで米国農務省推薦の、特別すぐれたクソったれに見える。彼はすごい汗をかき、両眼が血走っていた。逮捕されて、禁断症状を起こしたときのロンデルみたいだ。

「君も電話を受けたのか？」オリベイラが尋ねた。

「なんだと？」

「子供を見つけに来たんだろう？」

L・Jはうなずいた。「ああ、ああ、アシュフォードの娘を捜してるんだよ。ここから出る切符だからな」

「彼はほかにも取引した相手がいるとは言わなかったが、どうやら俺たちはパートナーらしいな」

「おい！」L・Jはこの話が気に入らなかった。彼はワンマン経営のビジネスマンだ。助けなど必要ない。「勝手に決めつけてもらいたくないね！」

オリベイラは驚いてL・Jを見た。

禁断症状を起こしたロンデルは、こんなふうに相手をじっと見ることはできなかった。クソ、もしもラクーンシティ警察の連中にこの特技が真似できれば、自白するやつがごろごろ出るはずだ。

L・Jは言った。「わかったよ、いいだろう。パートナーだ。ただ銃のことは誰にも言うなよ、いいな？」

「死んでも言わないよ」オリベイラは答えた。「行こう」

8

「狙って、引いて、引き続ける」

こんなことになったのは、全部D・J・マキナーニーのせいだ。

「狙って、引いて、引き続ける」

テリにミラー市会議員のビデオテープを渡したのは彼だった。これは本物だ、と請け合ったのも彼なら、確証など必要ないと言ったのも彼だ。

「狙って、引いて、引き続ける」

彼がテリにあんなひどい嘘をつかなければ、テリはまだニュースを報道していたのだ。それどころか、いまごろはこんな片田舎で腐っている代わりに、本物の都会にあるテレビ局に移籍したかもしれない。ボルティモアとかサンフランシスコ、あるいはダラスみたいな興味深い場所の不正を次々にあばき、視聴者に報告していたにちがいない。ニューヨークやシカゴだって、夢ではなかった。

「狙って、引いて、引き続ける」

さもなければロサンゼルスか。

「狙って、引いて、引き続ける」

もちろん、そこに行くのが夢だ。ロサンゼルス、光の街に。

「狙って、引いて、引き続ける」

いえ、光の街はパリだったかしら？

いずれにせよ、D・Jが彼女を罠《わな》にはめなければ、いまこの瞬間にも本物の都会でニュースを報道していたに違いない。ゾンビのあふれたこの街の、がらんとした校舎の廊下を「狙って、引いて、引き続ける」と、お題目のように唱えながら歩いている代わりに。

しかも銃を持って。

テリは銃が大嫌いだった。

でも、撃たなくてもすむかもしれない。

彼女は教室のドアを開けた。

そこはひどいありさまだった。机が逆さにひっくり返り、プリントや本が床に散らばっている。

街全体がこんな具合だ。

彼女はまず、その光景をカメラで撮った。左手のバレンタイン警官がくれた銃よりも、右手におさまったこのカメラのほうがはるかに使いやすい。

私に銃を渡すなんて。あの女は一体何を考えているの？　狂ってるわ。

たしかにテリは、銃がない、と言った。でもそれは、銃を持った誰かにエスコートしてもらいたかったからだ。暴力は、バレンタインみたいな乱暴者に任せておけばいい。彼らはそのために給料をもらっているのだから。

テリが給料をもらっているのは、ニュースを報道するためだ。さもなければ、天気予報を放送するため。

D・Jのせいで。あの悪党。

何より腹が立つのは、D・Jはあんなテープをでっち上げる必要などなかったことだ。ミラーは悪徳議員だった。彼が尻尾《しっぽ》をつかまれるようなへまをしでかすのは、時間の問題だったのだ。実際、彼は翌週、尻尾をつかまれた。それも新聞記者に。チンピラ記者がミラーの尻尾をつかめたくらいなら、ほかの誰だってつかめたはずだ。ちゃんとした情報源さえあれば、間違いなくテリにもできた。

彼女のおかした間違いは、D・Jがその〝情報源〟だと思ったことだった。

専門家があのテープをコンピューター合成した偽物だと見破ると、D・Jは姿を消した。テリはふたつの理由でこれに腹を立てていた。ひとつは、自分のキャリアを台無しにしたあのクソったれに、怒りをぶつけるチャンスもなかったことだ。

もうひとつは、おそらく彼はもうこの街にいないことだ。だから、ラクーンシティの市民のほとんどにふりかかった途方もない不運からまんまと逃れたことになる。ゾンビになり、頭を吹っ飛ばされても仕方がない男がいるとすれば、それはD・J・マキナーニーなのに。

でも大丈夫。最後はこの穴から這《は》いだせる。まだ間に合う。なんと言っても、彼女はL・Jのような街のチンピラさえ知っている有名人なのだ。天気予報の仕事から立派なキャリアに結びついたケースはある。アル・ローカーがその証拠だ。

彼女はびくっとした。何か聞こえた？

誰かがしくしく泣いてるみたいな音が？

「アンジェラ？」

その声のほうに向かうと、部屋の隅に少女がうずくまっていた。人形を抱いているようだ。

可哀相に。

「大丈夫よ、ハニー。怖がらなくてもいいの。私たちはあなたを迎えに来たのよ」

テリは自分がアンジェラ・アシュフォードの外見をまったく知らないことに気づいた。

これはまるで違う子かも知れない。

まあ、たとえアシュフォードの娘でなくても、ここに放ってはおけないわ。

少女は後ろを向いていた。テリはカメラを置いた。子供たちがいる場所に銃を置くのはまずい。彼女は少女の肩に手をかけ、こちらを向けた。

恐ろしい顔がテリを見返した。

最初に気づいたのは真っ赤な唇だった。こんなに赤いのは——血がついているからだ。

それからテリは少女の目に気づいた。

目も口も、青ざめた肌と不気味な対照をなしている。

この少女は死んでいる。

テリはあとずさった。「ああ、なんてこと!」

いちばん恐ろしいのは少女の顔ではなかった。

人形だ。

いや、人形ではない。ほかの子供だ。この少女がたったいま食べた子供。

テリ・モラレスは気丈な女だった。今日一日、一度も嘔吐《おうと》せずにどうにか持ちこたえてきた。

だが、子供がもうひとりの子供を食べているのを見ると、嘔吐がこみあげてきた。

テリは何かにぶつかった。最初は机かと思ったが、振り向くと少年だった。

べつの歩く屍体《したい》だ。

教室を見回すと、ほかにも三〇人あまり。

そのすべてが子供たちだ。

ひとり残らず死んで——

真っ赤な唇で——

彼女に向かってくる。

子供たちはテリを教室の隅に追いつめた。この部屋から出るのはとても無理だ。周りをぐるりと死んだ子供たちに囲まれては。

ぶつかった少年がテリの右腕をつかみ、噛《か》みついた。

テリは悲鳴をあげた。

もうひとりは片方の脚をつかんだ。

三人目は腰にがぶりと歯を立てた。

無数の小さな歯が肉に食いこむ。恐ろしい痛みが彼女を襲った。

銃を使うこともできたが、どうして子供を撃つことができる？

彼女は代わりにさっきより大きな声で叫んだ。銃が床に落ちた。

噛みちぎられた脚から力が抜け、彼女は床に倒れた。子供の屍体が動けなくなった体に群がる。

最後にテリの目に映ったのはカメラだった。妙な角度で傾いているカメラが、机の上からまだ録画している。

エミー賞をもらうのは、死んだあとね。テリーは最後にそう思った。

9

アンジェラ・アシュフォードは、今日初めて死んだ人間を見た。

実際、彼女は今朝、ふたりもそれを見た。あの交通事故のあとで。

大きなトラックは、アンジェラを教室から連れ出した男たちが運転するSUVにぶつかった。

ふたりの男は即死した。

彼らが死んでいることはアンジェラにもわかった。ふたりを必死に起こそうとしたが、息もしなければ、動きもせず、血だらけだったからだ。

三つ目の死体は、トラックの運転手だった。この男はとても臭かった。アンジェラは理科の授業で、死んでから時間のたった死体は臭くなると教わったのを思いだした。そればかりではない。この男の胸には大きな穴があった。

この事故でアンジェラが助かったのは、シートベルトのおかげだった。ベルトが飛びだそうとする体を留めた瞬間は胸が少し痛かったが、おかげでひとりの男のようにフロントガラスから飛びださなかった。もうひとりのようにどこかの軒に叩《たた》きつけられもしなかった。

車から出るのはたいへんだったが、アンジェラはなんとか這いだした。彼女はまだスパイダーマンのお弁当箱を持っていた。これは何よりも大切なものだ。

アンジェラは学校に戻った。ストランク先生なら、交通事故のあとどうすればいいかわかっているはずだ。それに、ストランク先生が知らなくても、アーミン校長先生なら知っている。

ところが、トラックの運転手は学校まで彼女のあとを尾《つ》けてきた。

この運転手は死んでいるのだから、これはとても奇妙なことだ。

死体を見たのは今日が初めてだが、アンジェラはテレビや映画を観るし、理科の授業もちゃんと聴いている。

胸に穴があいた息をしていない男が、生きているはずがない。

つまり、トラックの運転手は怪物になったのだ。

その男は大人だったから、アンジェラよりも脚が長く、アンジェラよりも先に学校に着いた。

アンジェラが運転手よりほんの少し遅れて着くと、ちょうど副校長のミズ・ローゼンタールが、秘書のミズ・ガルシアと廊下で話していた。

「失礼、ここは無断で――」

ミズ・ローゼンタールは、運転手の胸にあいた大きな穴を見つめた。

運転手がミズ・ローゼンタールの首を噛むのを見て、アンジェラは悲鳴をあげた。ミズ・ガルシアは逃げだした。校長先生が部屋から出てきた。

「いったい何の騒ぎだね？」それから校長先生は、トラックの運転手に気づいた。「ああ、なんてこった」

運転手が近づいていくと、校長先生はとても汚い言葉を口にした。

運転手は校長先生も噛んだ。

一秒もすると、ミズ・ローゼンタールが起き上がった。いつもとまるで違って見える。やはり怪物に変わったのだ。

アンジェラは駆け寄って、大丈夫ですか、と尋ねた。でも、ミズ・ローゼンタールは答えもしなければ、アンジェラを見ようともしなかった。

代わりに運転手と一緒に廊下を歩いていった。

まもなく校長先生も、むっくり起き上がって歩きだした。

そのあとは、ますますひどくなった。

校長先生はストランク先生の教室に入り、先生を噛んだ。みんなが悲鳴をあげ、教室から逃げ出そうとした。でも、運転手もミズ・ローゼンタールも、用務員のひとりとスーツの男たちふたりも、みんな怪物になって、逃げようとする生徒たちを次々に噛みはじめた。

今朝のホームルームでアンジェラ・アシュフォードはボビー・バーンスタインに、〝あんたなんか死ねばいいのに〟と言った。

まだお昼がこないうちに、アンジェラの目の前でこの言葉が実現した。

ほかの子供たちは地下室に隠れたが、やがて怪物たちに見つかって、その子たちも怪物に変わった。まもなく怪物の数のほうがはるかに多くなった。

でも、アンジェラには誰ひとり目もくれなかった。

どうして？　アンジェラにはわけがわからなかった。あたしのどこがみんなと違うの？あたしが歩けるように、パパがしたことのせい？

まだ昼間のあいだに、トラックが校舎にぶつかった。ラクーンシティ警察警察犬チームと書いてあるそのトラックには、警察犬が乗っていた。

その犬も、全部怪物になった。

夜が来るころには、学校のなかはどこもかしこも怪物になった生徒や先生や用務員や犬だらけだった。犬のほとんどは食堂の周りをうろついていたが、ほかの怪物は校舎を歩きまわっていた。

彼らはまだアンジェラには目もくれなかった。

しばらくして彼女はその理由に気がついた。パパが彼女の病気に何を使ったのか知らないが、それが今日起こっていることの原因なのだ。どうしてそれがわかったのか自分でも不思議だったが、アンジェラには確信があった。

それなら、怪物たちがアンジェラを放っておいても不思議ではない。

アンジェラも彼らのひとりだから。

怪物たちは、そのあとやってきた五人のことは放っておかなかった。

まず黒い服を着た男の人がふたり来た。それから女の人がふたりと、奇妙な服装をした男の人がひとり。アンジェラはお弁当箱を抱きしめて隠れている屋上から、彼らを見下ろした。

それから下に行くことにした。彼らが助けてくれるかもしれない。彼女が彼らを助けられるかもしれない。

アンジェラは怪物が女の人に襲いかかるのを見た。その人を助けるには遅すぎた。

青い服を着たほうの女の人が、最初の女の人が殺されたあとに来た。この人は銃を持っていた。

「その人はもうだめ」

青い服の女の人は、さっと振り向いてアンジェラに銃を向けた。

「彼らが何をするか見たの」

銃をおろすと、その人は尋ねた。「あなたはアンジェラ?」

アンジェラはうなずいた。「ここを出なきゃ。彼らが戻ってくるまえに」

女性は床に落ちているものを見つけ、それを拾い上げた。ビデオカメラみたいなものだ。

さっきの女の人が持っていたんだわ、アンジェラはそう思った。

あの人もすぐに怪物になる。

「私はジルよ。お父さんに頼まれてあなたを迎えにきたの」

アンジェラはそれを聞いて全身の力が抜けた。パパなら、なんとかして助けてくれると思った！

ジルは廊下に出た。

「アンジェラ・アシュフォード——小さな子には、ずいぶん大人びた名前だこと」

「もう九歳だもの。小さくないわ」

「なるほど」

「それに」アンジェラはつぶやいた。「みんなはアンジーと呼ぶの」

「アンジーね。可愛い名前」

ふだんのアンジェラは、大人にアンジーと呼ばれるのが嫌いだった。でもジルにそう呼ばれると、悪くない気がした。

ふたりは廊下を曲がった。これはカフェテリアに向かう廊下だ。

アンジェラは足を止めた。

「あそこは通れないわ」

「大丈夫よ、ハニー。これがいちばん近いの」

「だめ！　あれがいるもの！」

ジルはアンジェラの手を取った。温かい手が心を慰めてくれた。

「大丈夫よ。彼らは遅いから走ればいいの」

たしかにカフェテリアに入ると、そこには怪物はほんの少ししかいなかった。

アンジェラとジルが入っていくと、彼らは顔を上げた。

でも、アンジェラが心配していたのは、彼らのことではない。「いいえ、彼らじゃないの」アンジェラは犬の怪物を指さした。「あれよ」

その犬は、べつの死体にかがみこんでいた。モドゼレウスキー先生だ。

アンジェラは大好きな先生のために泣きたかったが、涙は何時間もまえに涸《か》れてしまった。

その犬は恐ろしい声でうなりながら、ジルに向かってきた。

ジルは銃を構え、飛びかかる犬を撃ち殺したものの、犬の体がぶつかり、後ろに倒れた。銃が手を離れ、床を横切ってキッチンに滑りこむ。

犬の怪物は、撃たれたのにまだ動いていた。

アンジェラは物陰に走りこんだ。人が死ぬのはもう見たくない。新しい友だちが死ぬのは見ていたくなかった。

突然、太鼓を一〇〇〇回叩《たた》くような音がした。まもなくアンジェラは、それが映画にあるような機関銃の音だと気づいた。

へんなアクセントの太い声が言った。「助けがいりそうだったからね」

それからジルの声。「あなたはアンブレラの社員ね」

パパの会社だ！

「昔はね。彼らが俺たちをこの街で屍体《したい》の餌にするまえは、だ。いまはフリーランスだと思ってる。ニコライ・ソコロフだ、よろしく」

これは黒い服を着た男の人のひとりにちがいない。

でも、アンジェラにはほかの音もたくさん聞こえた——悲鳴、何かがぶつかる音、うなり。彼女はちらっと顔を上げた。

犬の怪物たちがミスター・ソコロフに群がり、彼を引き裂いている。

でもジルは無事だった。アンジェラは走り寄って、ジルの脚にしがみついた。犬たちがミスター・ソコロフに群がっているあいだに、逃げられるかもしれない。

「来て！　こっちよ！」

アンジェラはキッチンに駆けこんだ。そこには隠れる場所がいくつもある。それに犬の怪物はほとんどがカフェテリアにいる。

ジルの銃もここにある。

キッチンにいる犬はたった二匹だった。ジルが隠れることにしたガス台から、ずっと離れたところにいる。

ジルは唇に指を当てた。アンジェラはうなずいた。静かにしているのは得意だ。運がよければ、ふたりともここを逃げだして、もうすぐパパに会える。

ジルの銃はすぐそばにあった。二匹の犬はまだふたりに気づいていない。でも、銃を拾うには、ガス台の陰から出なくてはならない。ジルはためらっていた。

アンジェラは怖かった。

それから食堂で働いていたミズ・ゴーフィンクルがジルをつかんだ。彼女が近づくのにまるで気づかなかったから、アンジェラは驚いた。ミズ・ゴーフィンクルはもちろん怪物だ。

怪物に襲われた人は、ひとり残らず怪物になる。でも、ジルは違っていた。彼女はミズ・ゴーフィンクルの首に腕を巻きつけ、ボキッという恐ろしい音をさせた。

ミズ・ゴーフィンクルは床に倒れた。

「大丈夫？」ジルが小声で尋ねる。

アンジェラは指で大丈夫だというサインを送った。彼女はこの新しい友だちがすっかり好きになった。

彼らはガス台のそばにうずくまっていた。困ったことに、犬の片方がジルの銃の上にいる。

ジルはガス台を見上げた。

そして微笑んだ。

彼女はガスをひねった。シューッという音がして——ガス臭くなる。

犬がその臭いに鼻をひくつかせた。理科の先生は、犬の嗅覚《きゅうかく》は人間よりも鋭いと言っていた。たぶん怪物もそうだ。アンジェラにガスの臭いがしたとすれば、犬にもしたに違いない。

ジルがポケットに手を入れて、ブックマッチを取りだした。

それからアンジェラの腕をつかみ、カフェテリアへと走った。

走りながら、ジルはマッチをちぎらずに火をつけ、ブックごと後ろに投げた。

アンジェラは逃げながらちらっと振り向いた。パパはガス台のそばでマッチをするのは危険だよ、ガスに火がつくからね、といつも言う。でもジルはガスに火がついて、怪物を止めてくれることを願っているんだわ。

ブックマッチが燃えながら落ちていく。

二匹の犬がこちらに来る。

マッチが消えた。

ガスがつくまえに。

犬はどんどん近づいてくる。

シュッというかすかな音がした。アンジェラが顔を上げると、煙草が飛んでいくのが見えた。学校で煙草を吸うのは禁じられているから、これは奇妙なことだ。

ブロンドの女の人が戸口に立っていた。会ったことはないのに、よく知っているという気がする。その人はアンジェラをつかんで、自分が着ているコートのなかに入れた。

アンジェラはコートを通して熱風を感じ、ガスが爆発する音を聞いた。

まもなく、その人はコートを開いた。

「ありがとう」アンジェラは救い主にお礼を言った。

ジルは床に倒れていた。アンジェラは不思議だった。ブロンドの女の人はちゃんと立っているのに。

「ちょうどいいときに来てくれたわ、アリス」ジルが言った。「いつもヤバイ瞬間に現われるみたいね」

だが、ブロンドの女の人は――アリスだ――ジルの言葉を聞いていなかった。彼女はアンジェラを見つめていた。

アンジェラも見つめ返した。

怪物が自分を無視している理由を悟ったように、アンジェラはアリスが自分と同じだと気づいた。

パパはこの人も助けたの？

「あら、知り合いだったの？」ジルが尋ねた。

「この子は感染してるわ」アリスは言った。「大量のT・ウイルスに」

ジルは眉《まゆ》を寄せた。「どうしてわかるの」

アンジェラが答えた。「この人も同じだからよ。気にしないで。奇妙な気がするんでしょう？　わかってる」

ジルはくるっと振り向くと、アリスに食ってかかった。「待ってよ！　あんたは感染してるの？　それをいつ話す気だったの？」

アリスはまたジルを無視した。失礼な人、アンジェラは少し腹が立った。アリスはアンジェラのお弁当箱を見つめていた。

「それを見せて」アリスは片手を差しだした。

「だめ！」決してこれから目を離してはいけない、パパにそう言われているのだ。

だが、アリスはさっさと取り上げた。

そして蓋《ふた》を開けた。パパがそうしなさいと言ったから、アンジェラがいつも持っている中身が見えた。

灰色の発泡スチロールが、四本のきれいな針を守っている。パパはこれを注射器と呼ぶ。とても重要なものだと言う。

「ワクチンよ」アリスが言った。「T・ウイルスを無効にするワクチン」

「なんですって？」

アリスはうなずき、それからアンジェラを見た。「そうでしょう？」

アンジェラは黙っていた。

「どこでこれを手に入れたの？」

アンジェラはまだ黙っていた。するとアリスは蓋を閉めて、それをアンジェラに返してくれた。アンジェラはそれを受け取りながら、このふたりに全部話すことにした。ジルはパパに頼まれて迎えに来たんだし、ふたりとも、あたしを助けてくれたもの。

「パパは――あたしのためにこれを作ったの。パパは病気なの。あたしも病気になるのよ。パパはそれを止めたかったの。あたしは小さいとき、松葉杖《まつばづえ》を使わないと歩けなかった。お医者様は、これ以上よくなることはない、悪くなるばかりだといったわ。そしてパパみたいに車椅子に乗るようになる、って。でも、パパはあたしを元気にする方法を見つけたの」

ジルは首を傾けた。「T・ウイルスね」

アンジェラはうなずいた。「でも、彼らはパパの発明をとりあげたのよ。アンブレラの人たちは。その夜、パパは泣いていたわ。夜遅くだったけど、あたしはまだ起きていたの。パパは悪い人じゃないの。こんなことを引き起こすつもりなんかなかった。ほんとよ」

アンジェラの目に涙が込み上げてきた。もう涙は一滴もないと思ったけど、ようやくパパに会えるとわかったら……。

「ほんとよ」

彼女はアリスにしがみついて泣きだした。

「わかったわ」アリスは言った。「大丈夫。何もかもきっと大丈夫よ」

それからアンジェラはドアが大きな音をたてて開く音を聞いた。アリスが突然ショットガンを手にして、それをドアに向けた。

でも、アリスの胸にも赤い光の点が見えた。

アンジェラが戸口を見ると、カフェテリアの入り口には、大きな銃を持った男の人が立っていた。

ミスター・ソコロフと同じ黒い制服を着ている。「使う気がなければ、そんなものを向けるのはよせ」

彼がそう言うのを聞いて、アンジェラは怪物ではないとわかった。

「ひょう！　カッコいいね！」もうひとりの声がした。ジルと死んだ女の人と一緒に来た、おかしな恰好《かっこう》をした男の人だ。銃を構えている男の人の後ろから近づいてくる。「いいセリフだ。この男もドクター・ドゥームと取引したんだとさ。あんたらと同じように」

ジルは黒い服の男を見た。彼の胸にある名札はオリベイラと読める。「あんたの仲間は何人いるの？」

「どういう意味だ？」

それからミスター・オリベイラはミスター・ソコロフの死体を見てうなだれた。

「ニコライ……」

アンジェラは死体を見るのはもううんざりだった。

一刻も早くパパに会いたかった。

「いつ噛《か》まれたの？」アリスが尋ねた。

アンジェラはもっとよくミスター・オリベイラを見た。彼はとても顔色が悪いし、具合も悪そうだ。

「二時間まえだ」

アンジェラはスパイダーマンのお弁当箱を差しだした。

アリスが微笑んだ。「あなたはツイていたわよ」

「今日この街にいる人間に、ツイてる者なんかひとりもいないさ、アリス」ミスター・オリベイラが言った。「覚えてるかどうか知らないが――カルロス・オリベイラだ」彼はアンジェラを見た。「俺たちが取りにきた小包はこれらしいな？」

「アシュフォード博士は賭《か》け金を分散するのが好きなようね」

「アンブレラ社のために働いてるんだ。もちろん、分散してるさ」

ジルが言った。「あなたたちふたりも、アンブレラ社で働いているんじゃないの？」

でも、アリスとミスター・オリベイラは揃ってこう答えた。「昔はね」アンジェラは笑いだしたいようなくすぐったさを感じた。

「とにかくここを出ましょうよ。外にトラックを駐めてあるわ。それを注射するのは車のなかでもいいでしょ」

「ああ、そうしようぜ」おかしな服装の男が言った。「あとはあの綺麗《きれい》なテレビのレディを見つければいいだけだな」

「綺麗なテレビの女性は死んだわ」ジルは言った。

「なんだって？　嘘だ！　そんなはずはない。彼女は有名人だぞ！」

「残念ね」ジルはポケットからビデオカメラを取りだした。「私たちに残ったのは、彼女の形見だけ」

「クソ。せっかくスターになれるチャンスだったのに」

10

私が魂をなくしたのは、正確に言うといつからなのか？　チャールズ・アシュフォードはそう思った。

徐々にそうなったのか、それとも、アンブレラ社は乾いた骨だけになるまでちょこちょこ死骸《しがい》を突《つつ》くハゲタカのように、私の魂をじわじわと食べていったのか？

昔の彼は、高邁《こうまい》な理想に燃えていた。学ぶことがたくさんあり、打ち破らねばならない壁がたくさんあった。だが、そのためには資金が必要だ。

アンブレラ社は、世界のほかのどこよりも潤沢な資金を持っていた。彼の研究費を提供できるのは彼らだけだった。その研究を次の段階にもたらすことができるのも彼らだけ。その結果を、理論的な〝わお、ほんとにそれができたら素晴らしいのに〟という段階から、現実の世界に適応できる力を持っていたのも彼らだけだ。アンブレラ社の社員となるまでは、苛立《いらだ》たしいことに彼は理論の段階から先に進めなかったのだ。

アンブレラ社は、また、彼が退行性の神経症であることも気にしなかった。スティーヴン・ホーキングが頂点に立っている科学者の世界で、車椅子に乗った男が研究の補助金を得ることすら困難をきわめるのは一体なぜなのか、アシュフォードにはどうしても理解できなかった。確実に助成金がもらえるところまでこぎつけても、彼の障害を知ったとたんにそれを取り消され、プロジェクトから蹴《け》りだされる……。

まったく腹立たしい状況だった。

もっと腹が立ったのは、娘もこの病におかされていたことだ。

T・ウイルスは、彼の最も偉大な成果になるはずだった。最初はしわ取りクリームに使われることになる。たとえ願いどおりの成果をもたらさなかったとしても、広範囲の人々に最小限の影響しか与えない用途のひとつとして、とりあえずはそうやってテストされるのだ。

だが、このウイルスは様々な病の特効薬ともなる。

とくに、彼と娘のアンジェラがかかっている病には。

これがあれば、アンジーはふつうの生活を営むことができる。

少なくとも、彼はそう思っていた。

会社がT・ウイルスの研究をハイブに移し、彼からとりあげたとき、アシュフォードは何かがおかしいことに気づいた。会社は、彼の代わりにセックスに狂った若いふたり、マリアノ・ロドリゲスとアナ・ボルトを責任者に据えた。もちろんふたりとも将来性のある立派な科学者だ。だが、何せ若いし、衝動的だ。

それに、そのあとまもなく気づいたのだが、このふたりは彼よりもはるかに操りやすい。

その結果がこの恐ろしい地獄だ。

実際、これは地獄を九回りもするほど恐ろしい展開だった。しかも彼にできることは何ひとつない。

だが、娘を助けだすことはできる。そしてこれが彼の唯一の目標となった。ケインと彼の銃を抱えている部下たちがラクーンシティのひどい状況を、さらに悪化させるのを阻止する手立ては彼にはなかった。アンブレラ社の理事たち――彼のずたずたになった魂の名残を受ける人々――と親しいアシュフォード自身は、ケインに危害を加えられる心配はまずない。だがケインに正面切って逆らうだけの力も、彼にはなかった。

子供の頃から車椅子に座ることを余儀なくされてきた彼は、コンピューターの前で長い時間を過ごしてきた。もちろん、第一級のハッカーにはおよばないが、おかげでコンピューターには詳しくなり、アンブレラ社の大型汎用《はんよう》コンピューターにアクセスできる地位を利用して、こっそりそのなかをうろつくことができた。彼はよく自分のラップトップを、アンブレラ社が製造し、街中に設置したカメラにつないだ。表向きは交通違反の取り締まり用だが、アンブレラ社はいつでもそれを自分たちの好きな目的に利用していることも、彼は知っていた。

いまアシュフォードは、娘を救うためにそれを使っていた。

ケインは携帯電話の電波を妨害していたが、地上通信線を使ったヴェリゾンの交信は妨害できない。アシュフォードは自分のサテライト携帯電話——これは彼の地位がもたらす特典のひとつだ——を、街を網羅している公衆電話ネットワークにつないだ。

ラクーンシティでくり広げられている、恐ろしい黙示録《アポカリプス》後のようなシナリオのなかでも、生存者はいるにちがいない。最悪の状況にもなんとか対処して生き延びている人々が。

そう思って捜し続けると、アリス・アバーナシーとカルロス・オリベイラが見つかった。どちらもアンブレラ社のセキュリティ部門に所属する職員だ。警察のS.T.A.R.S.ユニットの隊員であるジル・バレンタインもそのひとりだった。正直に言うと、彼が信頼しているのは、ジル・バレンタインひとりだが、生き延びたいという願いは全員にとって充分な動機になるはずだ。アンブレラ社は彼らを見殺しにした。彼は命綱を投げているのだった。

彼らがそれを手放すとは思えない。

苛立たしいことに、校舎のなかには彼がアクセスできるカメラはひとつもなかった。そこで彼はハドソンとロバートソンの角にある、交通違反取り締まり用カメラから、食い入るように見つめているしかなかった。

長い時間待ったあと、ついに彼はバレンタイン警官、アバーナシー、オリベイラが、黒人と一緒に学校から出てくるのが見えた。

——それとアンジーが！　彼らはアンジーを救出したのだ！

「ありがたい」アシュフォードはつぶやいた。

テレビのレポーターとソコロフの姿はなかった。これは悲劇だ——今朝のニュースを見たかぎりでは、テリ・モラレスの喪失は、分別のある視聴者が悲しむ事件ではない——が、この日の出来事からすると、彼らはとうに死んでいてあたりまえ、とバードなら言うだろう。アシュフォードは娘を取り戻せれば満足だった。

いくつかキーを叩《たた》き、自分の電話を学校の裏にある校庭のそばの公衆電話につないで、アシュフォードはそこの番号を押した。

彼はアバーナシーとほかの人々がぎょっとするのを、モニターを通して見守った。そしてアバーナシーが受話器を取り上げると、いきなりこう言った。「娘と話したい」

「そのまえに、ここを脱出する方法を教えて」

彼はかっとなってこう言った。「私と交渉しても無駄だぞ」

するとアバーナシーは電話を切った。

アシュフォードは瞬《まばた》きした。

この女は自分を何様だと思っているのだ？　私は逃げ道を与えているのだぞ——ラクーンシティ全体が周囲で死ぬなかで、生き延びる道を！　それをまるでたんなる犯罪者を扱うように、こんな真似をするとは！

彼は再び瞬きをした。

彼は犯罪者だ。そうとも。殺人の片棒を担ぐのは犯罪行為だ。そしてT・ウイルスを作りだした彼は、間違いなく殺人の共犯者だった。法律は彼を有罪にはできないかもしれない。アンブレラ社は自分たちの行なった行為の影響などという瑣末《さまつ》な事柄に直面せずにすむよう、非常に高い地位にある法律家たちに多額の報酬を払っている。だが、事実は事実だ。

アシュフォードは再び同じ番号を押した。

アバーナシーは五回鳴るまで受話器を取り上げなかった。

「わかり合えたかしら?」

「すでに離陸準備を整えたヘリコプターだ。それは――」彼はモニターの隅に表示されている時間をちらっと見た。「――あと四七分で飛び立つ。ラクーンシティを離れる乗物はそれが最後だ」

「そのヘリは、私たちのために用意されたものではないのね?」

彼は微笑んだ。「違う。べつの目的で用意されたものだ。しかし、警備はそれほど厳重ではない」

「それが飛び立つ場所は?」

「そのまえに、アンジーと話をさせてくれないか」

アバーナシーが黙って従うのを見て、彼はほっとした。アバーナシーはアンジーに受話器を渡した。

「パパ！」

無事で、元気な――これは奇跡以外の何ものでもなかった――娘の声を聞いたとたん、アシュフォードは久しぶりに心からの喜びを感じた。

これほど嬉《うれ》しいのは、アンジーの母親が死んでから初めてかもしれない。

「そうだよ」彼は静かな声で答えた。

「いつ会える？」

しばらくは無理だろう。だが、娘によけいな心配をかけないために、彼はこう言った。

「大丈夫だよ、ベイビー。彼らがおまえを私のところに届けてくれる。もうすぐ会えるよ」

「早く会いたいわ、パパ。新しいお友だちに会わせたいの」

アシュフォードはぶるっと体を震わせた。アンジーが一緒にいる連中は、彼が娘の友だちにしたいタイプではなかった。

だが、彼らは歩く屍体《したい》のあふれた街でまだ生きている。一日中地獄のような光景を見てきたアンジーが、最初に会った生きている人間と心を通わせたいと願うのは、自然のことだろう。彼らが自分を父親のもとに届けてくれるとなればなおさらだ。

「アンジー、ミズ・アバーナシーに替わってもらえるかな？」

「いいわ、パパ。大好きよ」

「私もだよ、お嬢さん」

アバーナシーが受話器を取った。「それで？」

「ヘリは市庁舎にある。急いだほうがいいな——あと四三分しかない」彼は微笑した。

「まあ、通りはすいているだろうが」

「またお会いするわ、博士」アバーナシーは答える代わりにそう言った。

そして電話を切った。

アシュフォードは顔をほころばせ——一時間まえには笑顔になれるとは思いもしなかった——五人ともバレンタイン警官がさきほど調達したトラックに向かうのを見守った。

一分もすると彼らは通りを走りだし、ハドソンを市庁舎の方向へと向かっていた。アシュフォードはトラックが進むに連れ、カメラを次々に切り替えていった。

するとラップトップのスクリーンがちらつき、暗くなった。

「一体——？」

彼は急いでいくつかのキーを叩いたが、スクリーンは消えたままだった。接続が切れたのだ。

しかし、これはT3回線だぞ。アシュフォードはそう思った。ふだんの彼は、ラップトップをワイヤレスの状態で使う。だが、ワイヤレスは携帯電話の電波と同じ方法で妨害されるため、このキャンプのネットワーク接続はすべて有線になっているのだ。

「コンピューターときたら」後ろから、聞き慣れたドイツ訛《なま》りの声がした。「まったくあてにならない。人間と同じですな」

　ケインだ。

　アシュフォードは車椅子を回した。恐ろしいほど不適切な〝有能《エイブル》〟というあだ名のティモシー・ケインが、ナイフと切れたT3ケーブルを手にして立っていた。

「私があなたのたったひとりの反逆に気づかなかったと、本気で思っていたんですか？」

「これは反逆ではない」アシュフォードは食いしばった歯のあいだから答えた。「私はただ娘を取り戻したいだけだ」

「お嬢さんは犠牲者です。橋の門を閉ざした瞬間から、犠牲者になった。あなたの可愛いお嬢さんが死ぬのは残念なことですよ、博士。ええ、たしかに。だが、もっと残念なのは、このためにあなたも死ぬはめになることだ」

　アシュフォードはこの言葉に小さく笑いだした。

「何か滑稽《こっけい》なことでも言いましたか、博士？」

「いや、べつに。ただ――君に会うまでは、本物の人間がそういう話し方をするとは思いもしなかったものでね」

　ケインはアシュフォードの車椅子の後ろにまわり、彼をテントの外に押していった。

「あなたが本物の人間について知らないことは、ほかにもたくさんありますよ、博士。しかし、まもなくいくつかそれを学ぶことになる。非常に不愉快なレッスンでね」

第四章　真　実

1

トラックが動きだすと、アリスはアンジーにお弁当箱を貸してくれと頼んだ。彼女は狭い後部座席にカルロスと少女の三人で座っていた。

「カルロスにワクチンを注射する必要があるの」

アンジーはうなずき、それを手渡した。

「ありがとう」アリスは温かい微笑と一緒にそう言った。

アリスはこの少女の父親を、あまり好ましい人物ではないと思っていた。なんと言っても、チャールズ・アシュフォードはT・ウイルスの開発者だ。たしかにこのプロジェクトは、かなり短期間で彼の手から離された。それは彼女も知っていた。違法な用途（スペンス・パークスがT・ウイルスに魅力を感じ、盗みだす気になった用途）に使われたのは、彼が担当をはずれてからだ。しかし、彼が開発したという事実は変わらない。

とはいえ、彼と娘の再会に一役買うことができるのは嬉《うれ》しかった。

彼らはみな、驚くほど運がよかったのだ。

カルロスは袖《そで》をめくり上げ、戦闘用ナイフを付けた腕をだした。「それはどういうものなんだ？」

アリスは彼の腕を消毒し、注射器の用意をしながら答えた。「T・ウイルスは細胞の成長を促進するの。死んだ細胞を生き返らせる。だから屍体が歩くのよ。生きた人間はそれに感染すると、制御不能の突然変異を引き起こすことになる。子供の衰えていく脚に注入すれば」アリスはアンジーにウインクして付け加えた。「その子は再び歩けるようになる。このウイルスの働きが抑制されていればね」

アリスは眉間《みけん》にしわを寄せ、カルロスの腕に針を突き刺した。カルロスが言った。「その子は感染してるのか？」

アリスはうなずいた。「だから学校の屍体は、アンジーには嚙《か》みつかなかったの」アリスは注射器を示した。「でも、これがウイルスの働きを抑えてくれる。これを定期的に使えば、細胞の成長は一定の状態に抑制され、脚が機能しつづけるだけで、それ以上の突然変異は起こらない」

バレンタインは前の座席で運転していた。助手席には彼女がどこかで拾ったL・J・ウェインという男が乗っている。アリスはそのいきさつをまだ聞いていないが、彼は押しの強さと強運で逞《たくま》しく生き延びている、典型的な無知なチンピラに見えた。こういう人間はどこの街にもいる。

バレンタインが尋ねた。「彼らはあんたもT・ウイルスに感染させたの？」

「そうよ」

カルロスがショックを受けて彼女を見た。

アリスは言葉を続けた。「彼らは私も怪物のひとりにしたの」

「でも、墓地であいつらに襲われたわ」

アリスは皮肉な笑みを浮かべた。「彼らが襲ったのは私じゃない。あなたたちよ。私はただそこにいただけ。彼らが私にはまったく関心を示さないのは、そのまえにわかっていたの。あてもなく通りを歩いているときに、彼らに出くわした。でも、まったく何も起こらなかった。あのオートバイに乗っていた男さえ、かかってこなかったわ」

カルロスはナイフをもとに戻し、袖を下ろした。顔色がたちまちよくなりはじめた。

「驚いたな」

アンジーが尋ねた。「だけど、あなたも病気なら、どうして薬を飲まないの？」

アリスは首を振った。「さあ、どうしてかしら」

「ほら」バレンタインの言葉に顔を上げると、彼女はアリスに金属製の小さなものを差しだしていた。

テリ・モラレスの小型ビデオカメラだ。彼女は街のなかを移動するあいだ、たえずこれを使っていた。今日の出来事に関しては、おそらくこれ以上詳細な記録はないだろう。

再生ボタンを押すと、テリ自身が死ぬところが映っていた。

アリスは首を振りながら顔を上げ、バレンタインがバックミラーで自分を見ているのに気づいた。

「必ずそれを役に立てるわ」

アリスはようやく気づいた。

バレンタインは警官だ。警官は裁判に提出できる証拠にこだわる。証拠はふつう、ふたつの形を取る。物理的な証拠と、目撃者の証言だ。

物理的証拠は役に立つが、それだけでは充分でない場合も多い。その信憑《しんぴょう》性に疑いがもたれるケースはとくにそうだ。

バレンタインは証言を欲しがっているのだった。告白を。そしてそれを告げることができるのは、生きている唯一の目撃者であるアリスだけだ。

アリスはカメラのレンズを自分に向け、録画ボタンを押して話しはじめた。

「私はアリス・アバーナシーです。アンブレラ・コーポレーションで働いていました」彼女はためらい、それからこう付け加えた。「世界最大にして最強の企業です」自分が誰を相手にしているかわかったうえで証言していることを、明確にしたほうがいい。

これはあまりに大きすぎる。

「私はアンブレラ社のハイブと呼ばれるハイテク施設のセキュリティ・チーフでした。ハイブは地下にある巨大な研究所で、そこでは様々なものとともに、実験的なウイルス兵器が開発されています」

アリスはためらった。スペンスの不正行為を説明すべきだろうか？　いや、そんなことをしても意味がない。スペンスは死に、彼が接触した買い手――もしくは買い手たち――の身元は闇に葬られた。すでに罪の価を払った彼を非難しても、何も得るところはない。重要な事実の焦点がぼけるだけだ。

「そこで事故が起こり、ウイルスがもれて、研究所で働いていた職員が全員――五〇〇人の人々です――死にました」

アリスは再びためらった。ハイブの〝食堂〟で自分に向かって足を引きずってくる歩く屍体《したい》を初めて見て以来、何度も目にしてきたにもかかわらず、実際にこんなことが起こっていることがまだ信じられない。

「でも、彼らは死んだまま留《とど》まってはいないのです。T・ウイルスは死体の細胞を甦《よみがえ》らせるからです。死者は生き返り、生きている人間の肉に対する恐ろしい飢えに突き動かされて歩きまわります」

まったく、まるで一九五〇年代に作られたお粗末なホラー映画の宣伝文句のようだ。

だが、これは真実だった。そしてアリスは真実をありのままに話す必要がある。勝手に脚色すべきではない。

「私は地獄を覗《のぞ》きました。とても言葉では説明できないものを見ました」

思いだしたくもないのに、様々な光景が甦ってきた。ワンとドリューと、ワーナー、ダニロヴァが、レーザーでずたずたに切り裂かれる光景から、果てしなく押し寄せ、ハイブの廊下や導管のなかを追ってくる屍体、〈舐《リ》める《ッ》も《カ》の《ー》〉が哀れなカプランをつかみ、彼を細切れの肉片にしていく光景、マットがレインの頭を撃たざるを得なかったこと――

――ラクーンの街が一大墓地と化したこと。

「でも、私は生き延びました。私ともうひとり――マット・アディソンという男性が。そして地下研究所からでてきたところを、アンブレラ社の科学者たちに捕らえられました。マットと私は別々に隔離されました」

アリスは深く息を吸いこんだ。

「私たちはこれで終わったと思いました。恐ろしい体験を生き延びた、と。でも、それは間違いだったのです。悪夢ははじまったばかりでした」

彼女はまたしてもためらい、今度はカルロスとアンジーの表情を見るために顔を上げた。それまで、彼らはハイブでどれほどの大惨事が起こったかを知らなかった。知らないままにしておいたほうがよかったのだろうか？　可哀相なアンジー。わずか九歳なのに、この子はすでにあまりにも多くを見ている。

だが、彼らはこの告白を必要としていた。

「ここに記録されている映像は、〈ラクーン7〉のテリ・モラレスが、殺されるまえに撮影したものです。アンブレラ・コーポレーションはこれを隠蔽《いんぺい》しようとするでしょう。私に言えるのはこれだけです。彼らの言葉に耳を貸さないでください。これを引き起こしたのは彼らです。何百万という人々が彼らの不注意のために死にました。これ以上、彼らが恐ろしい研究を続けるのを阻止しなくてはなりません」

アリスはボタンを押した。

トラックの前部座席で、ウェインがつぶやく。「アーメン」

カルロスも鼻を鳴らした。「ああ、そのとおりだ」

アンジーが身を寄せ、アリスを抱きしめた。

アリスは止めていたことさえ気づかなかった息を吐きだしながら、目を閉じ、感謝してアンジーをぎゅっと抱き返した。

「もうすぐ市庁舎よ」バレンタインが言った。「用意はいい？」

バレンタインは、市庁舎から一ブロック離れた、煙を上げている焼け跡の前にトラックを駐めた。

カルロスはトラックの屋根に上がり、双眼鏡を目に当てた。

「C89は広場に下りてるぞ。噴水のすぐ横だ。見張りは三人。彼らは一連のガラスの板に囲まれてる。屍体をなかに入れないためだろうな。くそ、あれはアンブレラ社が開発したプラスティガラスに違いないぞ。防弾で、おそらく防ゾンビだ」彼は双眼鏡をおろした。

「警備は手薄か。まったくな」

ウェインはウージーを掲げた。「敵は三人だろ。こっちは四人だ」

「実際は」カルロスが補足した。「四人だ。ここからは見えないが、屋根に狙撃手《そげき》がいるはずだ。いつもそうだ」

「ちっくしょうめ――目にもの見せてやろうぜ」

「落ち着きなさい、坊や」バレンタインがウェインをたしなめ、カルロスを見た。「彼らの武器は?」

「MP5Kだ」

「おそらく弾薬がたっぷり詰まってるでしょうね。こっちの手持ちは、それに比べればおもちゃの鉄砲よ。それに弾も切れかけてる。切ってくれと首を差しだすようなものね」

「彼らは私に任せて」アリスが言った。

「あら、ひとりでやる気?」

バレンタインは危ぶむような声で言った。教会と学校でアリスの強さを見ているにもかかわらず、彼女はまだアリスがどれほど強いかわからないようだ。

「もちろん。一発の弾も使わずにね」

正直な話、アリス自身、自分がどれほど強いかわかっていなかった。

だが、アンブレラ社が彼女に何をしたにせよ、彼らの惨めな顔にそのお返しをしてやる。

数分後、アリスは荒廃した市庁舎の屋上にたどり着いた。カルロスが予測したように、そこには狙撃手がいた。万一急いで通りに逃げだす必要が生じた場合に備え、懸垂下降用の装備一式まで着けている。

これも標準装備のひとつだ。

これからそれが、とても役に立ってくれることになる。

彼女はまずこの狙撃手を始末した。狙撃手はバレンタインと並んで広場に近づいてくるカルロスの頭を狙っていたから、これは賢い動きだった。ウェインは合図があるまでトラックに残り、アンジーを守っている。彼は作戦のこの部分にしぶとく文句をつけたが、バレンタインに口を閉じて言うとおりにしなければ彼の脾臓《ひぞう》に何をするかを写実的に説明され、ようやくひきさがった。

アリスはジル・バレンタインが好きになりはじめていた。

狙撃手を片づけると、アリスはケーブルをくりだし、広場におろした。C89と三人の見張りのあいだに。

三人ともまったく気づかなかった。まあ、これは無理もない。真の危険が存在するのは広場の外だ。彼の注意は、足を引きずりながらじりじり近づいてくる屍体の一個師団に向けられていた。彼らをプラスティガラスで阻止できるという保証はないのだ。

アリスはケーブルにフックをつけ、そのフックを自分のコートにつけた。武器をホルスターにおさめ、ケーブルを伝って滑りおり、広場のすぐ上で止まる。

鋼鉄のフックが金属ケーブルを滑っていくファスナーを開くような音に、見張りが振り返った。だが、彼らが行動を起こすまえに、アリスは彼らに襲いかかっていた。

ひとり目の首の骨を折る。

つづいて左手で二人目の鼻に空手チョップを食らわせて軟骨の破片と骨を脳にぶちこんだ。

三人目が死んだときには、まだひとり目が倒れてもいなかった。

ひとり目が倒れ、二人目、三人目が倒れる。

ちょうどいいタイミングで、カルロスとバレンタインが到着した。

体をひねって二枚のプラスティガラスのあいだから入りこんできたカルロスが、突然戦闘用ナイフを引き抜き、アリスの後ろに投げた。

二人目の見張りが、死んでいなかったのだ。彼は屍体になったわけではない。目は正常だし、カルロスのナイフが胸に突き刺さった瞬間、「クソ!」と叫んだ。明らかに、砕けた鼻の骨はアリスが思ったほど脳みそ深くに達しなかったようだ。

「ひとり外したな」カルロスがにやっと笑って言った。

アリスは肩をすくめた。「あなたの仕事を残しておいたのよ」

バレンタインが目玉をくるっと回した。「ふたりとも、パンツをおろして大きさを比べるのはあとにしてよ」彼女は小指を口のなかに突っこみ、鋭い音を発した。

かん高い口笛の音が敏感な耳を直撃し、アリスはたじろいだ。

まもなくウェインとアンジーが走ってきた。

「手際がいいねえ」ウェインが感心する。

「行きましょう」アリスは早口に言った。アンジーを必要以上に死体のそばに立たせておきたくない。

もう死人は充分見たはずだから。

ヘリコプターの貨物ベイに入ったとたん、アリスはデジャヴに襲われた。

そのベイの中央には、ふたつの診察台が置いてあった。

ひとつは彼女がラクーンシティ病院で目を覚ましたときに横たわっていたベッドにそっくりだ。

もうひとつも似たようなものだが、こちらははるかに大きい。アリスはそれが誰のために用意されたベッドか直感した。

ネメシスだ。

アシュフォードは、この輸送機が何に使われるか言わなかった。だが、このベッドを見れば一目瞭然《りょうぜん》だ。これは爆弾が落とされるまえに、彼女とネメシスを街から運びだすためのへリなのだ。

「なんなの？」バレンタインが尋ねた。

「急ぎましょう」アリスはそれだけ言った。

アンブレラ社が彼らを街から運びだしたがっているとすれば、ネメシスがいつここに到着してもおかしくない。さきほどの対決ではかろうじて逃げられたが、今度はあれほどうまくいくかどうか。

「大丈夫だよ」カルロスが空を見上げて言った。日の出まではまだ二〇分ある。「時間はある。間に合うさ」

アリスは開いている貨物ベイのドアから外を見た。考える必要もなく、自然とそちらに目がいった。

彼女は遠くの屋上を示した。

「いいえ。急いで」

ほかの仲間も彼女の視線をたどり、それを見た。

レールガンを手にした巨人が屋上に立っている。

ネメシスだ。

ウェインが目をむいた。「なんだ？　これはあいつの乗物か？」

「パイロットは私に任せて」アリスはコルト四五を引き抜き、コクピットに向かった。

引き戸を開けると、男が座っていた。カルロスたちと同じ、ワンやレイン、カプランたちとも同じ、アンブレラ社のコマンド・チームの黒い制服を着ている。

「離陸して」

パイロットは動かなかった。

アリスはコルトの銃口を頭に押しつけた。

「いますぐよ」

パイロットは微笑しただけで、まだ動かない。

「早く！」

「なぜそんなに急ぐのかな？」

アリスはコルトを構え、くるっと振り向いた。

ケインだ。

彼も銃を持っていた。それをアンジー・アシュフォードの頭に押しつけている。

「一緒に来てもらおう」

ケインは武器を捨てろとは言わなかったが、まあ、言う必要もなかった。アリスには、この少女の命を危険にさらすようなことはできない。

わずか二、三秒のあいだに、ケインのコマンド・チームがヘリにいるバレンタインとカルロスと、ウェインを奇襲したのだった。彼らはみな、アリスの知らない中年の男と一緒に市庁舎の広場に膝《ひざ》をついていた。

アンジーは彼を知っていた。

「パパ!」

ケインがアンジーの頭から銃を離すと、アンジーは父親に駆け寄った。アシュフォードは膝をついたまま、涙を浮かべて娘をひしと抱きしめた。

「アンジー」

「あたしを置いていかないって、わかってたわ」アンジーは泣きながら言った。

「もちろんだよ、ベイビー、置いてなどいくものか」

「ひどくされたの?」

「いいや」だが、アリスはアシュフォードが痛みをこらえているのを見てとった。「いいや。心配はいらないよ、ベイビー」

アリスはステルス機能を備えたヘリ、ダークウイングを見た。これが到着したことには、まったく気づかなかった。ハイブで大惨事が起こり、アリスが記憶を失って目覚めたあとまもなく、ワンがマンションに到着したのと同じ型だ。彼女にはこのヘリの音も聞こえなかった。

ケインの部下がバレンタインたち三人に手錠をかけていた。

ウェインがつぶやく。「ちぇっ、また手錠か」

バレンタインに手錠をかけていた男が尋ねた。「彼らをどうしますか、少佐」

地響きをともなった足音が近づいてくる。

ネメシスだ。

「放っておけ」ケインは言った。「もうすぐ死ぬんだ。もうわれわれのささやかな実験を行なう時間しかない」

ケインが言い終わらぬうちに、ネメシスが広場に達し、どんどん増える屍体《したい》を食いとめているプラスティガラスを飛び越えた。

「ウイルスが漏れたのは悔やまれる出来事だが、今回の惨事は、ネメシス・プログラムには素晴らしいテスト・シナリオを提供してくれた」

アリスは射るような目でケインを見た。アリスはケインをよく知っていた。この男がどれほどの悪党かもわかっている。だが、彼の基準から言っても、この日の出来事を〝悔やまれる〟で片づけるのは常軌を逸している。

ケインは芝居がかった身振りでネメシスを示した。「完璧《かんぺき》な兵士だ」

彼らは向かい合って立った。アリスとネメシス。どちらも動かなかった。アリスは再びネメシスを見ると言うよりも感じた。ふたりの鼓動は今度もぴたりと合っている。

「きみたちはこのプログラムに非常に有望な見通しを与えてくれた」ケインはひとりでしゃべり続けている。彼は昔から自分の声に酔う傾向があった。「だが、きみたちが戦っているところを、ぜひともこの目で見る必要がある」彼はふたりを順番に見た。「どうだ、感じるかね？」

アリスはためらいがちに言った。「私が感じるのは……」彼女はどう表現すればよいかわからず、口ごもった。

ケインがあとを引き継いだ。「親しみだな。きみたちは兄妹なのだ。どちらもスピード、体力、俊敏さを強化された。殺人本能も」彼は微笑した。「きみのほうが多少とも魅力的な殻に入っているが、皮膚の下はほとんど同じだ。並行して行なわれた研究だからね。そしてこれからどちらが優れているかがわかる」

そのあいだ、ネメシスはまるで八フィートの彫像のように、動かずに立っていた。唯一動くのは、ときどき瞬《まばた》きする青い目だけだ。

青い目。

どこかがおかしいけれど……。

よく知っている目だという気がする。

アリスは目をそらし、バレンタインたちを見た。

彼女はほんの一瞬だけ、カルロスと目を合わせた。

ほとんどわからぬほど小さく、カルロスがうなずく。

よかった。アンブレラ社の男たちは銃を取り上げただけで、身体検査はしていなかった。

カルロスはまだ文字通り、袖《そで》の下に驚きを隠している。さきほど殺した見張りから回収したナイフを。

ケインはネメシスに顔を向けた。「武器を置け」

ネメシスがロケット発射機を広場に落とす音がプラスティガラスに反響した。

「彼女を殺せ」

ネメシスはあっという間に動いていた。彫像のように立っていた巨体が……

次の瞬間には、彼女に向かって突進してきた。

だが、彼は速いが、アリスはもっと速かった。彼女はあっさり正面からの攻撃をかわした。

ネメシスは再び攻撃してきた。彼女はそれもかわした。

これが数分続いた。戦う必要はない。カルロスがナイフを使って自由を取り戻す時間を稼げばいいだけだ。

だが、ケインの顔はしだいに険悪になった。

「戦え！」

「いやよ」たんにケインを楽しませるために、ネメシスを痛めつけるのはごめんだ。この男が誰にせよ、彼女と同じアンブレラ社の犠牲者なのだ。

ケインはグロックを引き抜いた。「彼と戦うんだ。さもないと彼らが死ぬぞ」

クソ。

ケインがこういう卑劣な真似をする男だということを、予測しておくべきだった。

とはいえ、彼はアリスが彼らをどれだけ気にかけているか知らない。アリスは虚勢をはった。

「それが私にどんな関係があるの？」

ケインはいきなり引き金を引いた。

アシュフォードが地面に倒れた。頭の下にたちまち血がたまっていく。

アンジーが叫んだ。「パパ！」

ケインはグロックをバレンタインに向けた。「彼は会社の重要な資産だった。この連中に対する私の関心は、彼よりもはるかに薄いぞ」

歯軋《はぎし》りしながら、アリスはうなずいてネメシスと向かい合った。

ケインが銃をおろす。「はじめろ」彼は命じた。

オハイオ州コロンバスでアリスが最初に武道のコースを取ったとき、先生からこう言われたことがあった。真に偉大な闘士は一種の催眠状態に入り、あらゆるものを閉めだして自分の動きとひとつになる、と。「考えるのではない。ただ動くのだ」こういう偉大なる闘士は、めったにいない。おそらく一〇〇万にひとり。

彼がそう言ったのは、彼女にそのひとりとなる素質を見たからだった。

アンブレラ社の遺伝子操作により、アリスは彼が言った偉大な闘士を超える存在になった。

今夜は、すでに一度、彼女はこの催眠状態に近いものを経験していた。ディルモア・プレイスにあった教会裏の墓地で、屍体が墓から甦《よみがえ》ってきたときに。

それがいま、再び起こった。

彼女は動いた。

ふたりの戦いはおそらくこの広場に破壊をもたらしているにちがいないが、アリスはそれをまったく意識しなかった。ネメシスの力はすさまじい。そして彼女を狙ってはずした一撃は、どれも彫像か、車か、広場のキオスクを木《こ》っ端微塵《ぱみじん》にした。

これを見ている者たちのことも、アリスの意識にはなかった。もっとも、彼らはおそらく、彼女が負けていると思っているだろう。彼女はしだいに追いつめられ、必死に身を守るようになっていったからだ。

ネメシスは彼女を壁際に追いつめた。

アリスは逃げ場を失った。

巨大な拳《こぶし》がまっすぐ彼女の頭に向かってきた。

最後の瞬間、アリスはひょいと首を縮め、たくましい胸を駆けあがって、ネメシスの顔にスピニング＝ヒール・キックを決めた。彼はもんどりうって倒れた。

ふつうの人間なら、これで首の骨が折れる。

だが、ネメシスはふつうの人間ではなかった。

彼はぼうっとしながらも一〇フィートの金属棒をつかんだ。アリスは戦いに集中していたにもかかわらず、その棒がどこから来たのか見当もつかなかった。どこかの支柱、彫像、乗物の残骸《ざんがい》、そんなものだろう。

問題はネメシスがそれを剣のように振りまわしていることだ。

アリスは後ろに宙返りを打ち、わずか数インチの差で最初の一撃を飛び越えた。

二度目の攻撃は、彼女が着地した瞬間に来た。ネメシスは彼女の頭めがけてまっすぐそれを振り下ろした。

アリスはとっさに両手を上げ、平たい刃を両側から挟みこんで、頭のすぐ上で止めた。

彼女の力は、ネメシスが脳天をぱっくり割るのを防ぎつづけた。

だが、彼の力はアリスがこの剣を彼の胸に押し戻すのを防ぎつづけている。

最初のうちは。

先生に教わった集中こそ切れかけていたが、アリスはまだ怒りを抱えていた。マンションのシャワーの下で目覚めたあとハイブに連れていかれて以来、あまりにも多くの人々が死ぬのを目の当たりにしてきた。リサ・ブロワード、レイン・メレンデス、バート・カプラン、テリ・モラレス、ペイトン・ウェルズ、チャールズ・アシュフォード。

リサやレインやカプランやウェルズのような、善良な人々が死ぬのを許しながら、一方でティモシー・ケインのような男を生かしておく不公平な世界に対する怒りをつかみ、それを自分のなかに眠っている力に注ぎこむ。

そして棒を押し戻した。

ネメシスが後ろによろめいた。一〇フィートの棒が彼の胸に突き刺さっていく。

アリスはこの優位に乗じて、倒れた敵を叩《たた》きはじめた。カプランやレイン、ウェルズの、何百という彼女の知らない人々、アンブレラ社がスーパーウイルスを開発し、スペンスがぼろ儲《もう》けを企《たくら》んだために死ななくてはならなかった人々の無念をこめて。すると——

——するとネメシスと目が合った。

アリスはなぜこの青い目に懐かしさを感じたのか気づいた。

マット！

2

マシュー・アディソンは何時間もネメシスを支配しようとむなしい努力を重ねていた。アンブレラ社が彼の脳に植えこんだプログラムは優れていた。そしてマットの個性をできるかぎり包括していた。だが、それを完全に消し去ってはいなかった。

とはいえ、自分の体の制御を取り戻そうとするマットの試みは、すべて失敗した。市庁舎に到着し、再びアリスの姿を見たとたん、マットは絶望にとらわれた。ネメシスの第一目標は、アリスを捜しだし、殺すことなのだ。彼はすでに一度、彼女を殺そうとした。アリスがぺちゃんこにつぶれなかったのは、彼女の機転と小柄な体のおかげだ。

マットはべつの方法を試すことにした。

記憶だ。

ネメシスはプログラムされている〝事実〟しか知らない。だが、マットはそのプログラム以前の出来事を知っていた。

彼は自分の頭にあるイメージをネメシスの頭に送ろうとした。

自分が連邦法執行官としてアンブレラ・コーポレーションに赴いたときのことを。

アンブレラ・コーポレーションの非合法活動の証拠を何ひとつつかめない自分の無能力

に対する苛立《いらだ》ちを。

アーロン・ヴリセラが彼を、アンブレラ・コーポレーションを潰《つぶ》す秘密組織のメンバーに勧誘したことを。

アンブレラ社の力と影響力がさらに大きくなる一方で、彼とアーロンのグループが一歩も進めずにいた年月の苛立ちを。

アンブレラ社に個人的な恨みを抱いている妹のリサをハイブに潜入させ、必要な証拠を見つけようとしたことを。

リサがマットに証拠を渡す手はずになっていたその日に、スペンス・パークスという悪党のせいで、ハイブが破壊されたことを。

最初はアンブレラ社に雇われている男たちに捕まり、それからわずかな生き残りとともに、スペンスの欲が生んだ五〇〇人もの歩く屍体《したい》と戦ったことを。

地下の車両のなかで〈舐めるもの《リッカー》〉に襲われ、感染して、突然変異がはじまったことを。

マンションの玄関で倒れた彼を、ハズマット・スーツを着たアンブレラ社の医師たちが担架に縛りつけたことを。

ネメシス・プログラムの責任者であるサム・アイザックスと、その上司で骨の髄から悪党であるティモシー・ケイン少佐に実験されたことを。

自分のDNAを書きなおされたときの苦悶《くもん》に満ちた過程を。悲鳴をあげられないせいで、その苦悶がいっそう増したことを。

彼自身の思いを、アイザックスが書き、ケインが監督したプログラムに関する一連の指示にとりこまれ、彼らを主人だと思うよう強いられたことを。

命をかけて滅ぼそうとした会社が、彼を究極の兵器に作り変えていることを知りながら、何もできない焦燥を。

そして彼のすぐそばには、この過程のあいだずっとアリスが横たわり、同じ実験をされていたことを。

だが、アイザックスはマットをフランケンシュタインに変えたが、アリスはもとのアリスであり続けた。彼女の体には、少なくとも外見はまったく手が加えられなかった。

ようやく、マットの作戦が功を奏した。

ネメシスは弱くなり……。

アリスが彼の胸を突き刺した。

それからアリスは、自分が戦っていた相手が誰だったのか気づいた。

突然変異を起こしたら殺してくれ、とレインに頼まれたときと同じ苦悶に満ちた目で、アリスは囁《ささや》いた。「許して、マット」

「とどめをさせ」ネメシスはこの声がマスターのものだと信じているが、マットはケインの声だと知っていた。

「いいえ」アリスは立ち上がり、マスターに一歩近づいた。〝ケインに、だ。マスターではない。おまえはマット・アディソンだ。ネメシスではない！〟

マスターの――〝ケインの、だ〟――部下数人が銃を構えた。だが、ケインは手を振ってそれをおろさせた。

「いや、いや、いいんだ」彼はアリスに言った。「わからんのか？　君はわれわれにとって計り知れないほど重要な存在なのだ。あのクリーチャーも大したものだが、君は？　非常に特別な存在だ。どういうわけか、T・ウイルスと細胞レベルで絆《きずな》を作っている。このウイルスを自分に適応させた。変えたのだよ。素晴らしいものになったのだ」

なるほど、とマットは思った。彼はケインがいましがた無造作に、〝クリーチャー〟と呼んだものに変えられたのに、彼女は体を改造されなかったのか。

「私は怪物になったのよ」アリスは言った。

〝違う〟、マットはそう叫びたかった。〝怪物は俺だ。きみじゃない〟

「とんでもない」ケインは言下に否定した。このときだけは、マットも彼の意見に賛成だった。「君に起こったことは突然変異ではない。進化だ」

〝突然変異も進化の一部だぞ、この無知な悪党め！〟マットはそう言ってやりたかった。まだ自分の声帯を制御できないのが残念だ。

「こう考えるといい。われわれが森からでるには五〇〇万年かかった。ところが君はわずか五日に満たない日数で、次の段階に進化した。われわれの助けがあれば、どんなことが達成できるか考えてみたまえ。さて、それを理解できるのは誰かな？　感謝できるのは？　われわれだ。ほかの誰でもない、われわれだ。君はほかのどこに行ける？」

〝良心的な企業のどれでも選び放題さ！　だから俺はあんたの会社をあんなに必死に潰そうとしたんだ！　この傲慢《ごうまん》なくそったれ！〟

「彼はどうなの？」アリスはネメシスを指さした。

ケインは肩をすくめた。「進化には袋小路もある。さあ、とどめをさせ。そして私のそばに来るのだ」

〝なんてやつだ。こいつは悪徳企業の手先ってだけじゃない。とんでもない誇大妄想狂だ〟

「気持ちはわかる」ケインは言った。「この男は君の友人だったからな」彼はホルスターからグロックを取り、アリスに差しだした。「ほら、これなら一発で片付く」

アリスは銃を見下ろし、それからネメシスを見た。

マットを。

「彼もそれを望んでいる」ケインが言った。

〝とんでもない〟

「惨めな状態から救ってやれ」

〝いいや、くそったれ。俺はきさまを殺したい！　頼むからアリス、こいつにのせられるな！〟

アリスはグロックをつかんだ腕を上げた。「ええ」

それからくるっと振り向き、ケインに銃を向けて引き金を引いた。

〝そうだ！〟

だが、グロックから聞こえたのは、カチリという乾いた音だけだった。

装弾されていないのだ。

〝クソ！〟

ケインはにっこり笑ってグロックの弾倉を差しだした。

「それほどの強さを持ちながら、それを使おうという意志がないとは。なんという浪費だ。君にはがっかりしたよ、アリス」

「あら、それは嬉《うれ》しいこと」アリスの声には軽蔑《けいべつ》がこもっていた。

「いいだろう」ケインはため息をついて、ヘリのパイロットに顔を向けた。「離陸準備にかかれ」

マットは立ち上がり、ケインの顔からにやけ笑いを消したかった。

驚いたことに、彼の脚と体はこの思いに応《こた》えた。マットは立ち上がった。

〝ちくしょう〟

彼は胸に突き刺さった金属の棒を引き抜いた。

ケインはまだしゃべり続けている。「きみは彼よりも優れた戦士かもしれないがね、アリス。彼のほうが優れた兵士だ。少なくとも、命令に従うにはどうすればいいか心得ている」

〝そいつはどうかな、クソったれ〟

ケインはまっすぐ彼を見て言った。「彼女を殺せ」

マットは動かなかった。

「彼女を殺せ！」

マットは一歩アリスに近づいた。これはケインを喜ばせたようだった。

それから彼はアリスの横を通りすぎ、ネメシスがレールガンを落とした場所に歩み寄った。

「何をしている？」

〝きさまがマンションの玄関で、俺を担架に縛りつけてから、ずっとやりたいと思ってたことさ、このクソったれ〟

ケインはマットがレールガンに手を伸ばすのを見て、彼の意図に気づいた。「伏せろ！」

彼はそう叫びながら、自分でもこの言葉に従っていた。

マットはレールガンを拾い上げ、ケインとその部下たちに向かって撃ちはじめた。なかには物陰に飛びこむ者もいた。応戦しようとする者もいた。だが、その弾が的に当たっても、まったく効果はあがらなかった。アンブレラ社のやることは徹底している。

マットはアリスと一緒に来た者たちが誰なのか見当もつかなかったが、そのうちのひとり――珍妙な恰好《かっこう》をした黒人で、銃器店でただひとり生き残った男だ――が、叫んだ。

「おい！　あいつはチームを移ったぞ！　行け、クソったれ、行け、行け！」

マットを励ましている黒人のそばにいる見張りが、アリスに狙いをつけた。

マットは彼に銃を向けようとした。するとべつの捕虜――アンブレラ社の制服を着ているところを見ると、明らかに、アリス同様〝チームを変えた〟のだろう――が跳びあがって、その見張りを倒した。彼はいつのまにか手錠をはずしていた。

青いチューブトップを来た女も、だ。彼女とその男は見張りが落とした銃をつかみ、ケインの部下たちを撃っているマットに加わった。

「ケインだ。この命令を最優先させろ――発射手順を開始せよ。いますぐ実行しろ！」

目には見えないが、マットはケインの声をはっきりと聞き取った。彼はミサイルを発射するよう命じたのだ。ラクーンシティはまもなく炎の嵐に見舞われる。

それからステルス機能を搭載したヘリコプターが離陸し、アリスを追いかけはじめた。

アリスはその一歩先に留まっているが、いつまでも続くはずがない。アリスといえども、限界はある。マットはロケット発射機に駆け寄った。

彼はアリスを追っているヘリを追って、市庁舎から向かいの建物へと走った。

アリスはヘリの防弾窓と五〇ミリの大砲に向かって、コルト四五を手に挑むように立っていた。彼女の勇気は賞賛に値するが、いかにアリスといえども、大砲と戦って勝てるはずがない。

少なくとも、コルトでは無理だ。

マットは大きく跳び、ヘリの大砲とアリスのあいだに着地した。

ロケット発射機を持ち上げ、ミサイルを撃つ。

ネメシスがモーテルごと、屍体《したい》を狙い撃ちしているS.T.A.R.S.の狙撃《そげき》手を吹き飛ばしたとき、マットはただ悪夢のような状況に陥っただけで何もしていない警官を殺すのを、手をつかねて見ていなければならないことに苦悶《くもん》した。

だが、いまは自分の行為に満足しか感じなかった。

ヘリコプターは火の玉となって爆発した。

ローターが胴体からちぎれて――

――彼らに向かって落ちてくる。

〝クソ〟

彼もアリスも常人をはるかに超えるスピードをだせる。だが、あのローターを、そして残りの胴体を、間に合うようによけるのは無理だ。

〝このほうがいいのかもしれない〟

火の玉が地上に落ち、燃える金属の破片と爆発した燃料と粉々になったアスファルトでマットを埋めた。

〝少なくとも、これでようやく終わる〟

3

ティモシー・ケインは、退却すべきときを心得ている男だった。

明らかに、ネメシス・プロジェクトに関しても振り出しに戻らねばならないようだ。しかも彼は、なぜチャールズ・アシュフォードがラクーンシティを生きて出られなかったのか、上司に説明しなくてはならない。もちろん、これはあの善良な博士自身のせいにさせてもらう。娘を救いだすために、いつのまにか街に戻っていたと言うことにしよう。

アシュフォードがあの愚かな少女をぞっとするほど溺愛《できあい》していたことは周知の事実だから、上司たちはこれを信じるにちがいない。彼らは、あの少女をハイブの人工頭脳のアバター用テンプレートに使うことを許したくらいだ。まったくそれを知ったときの驚いたこと。

とはいえ、彼らは多くを学んだ。この次は同じ過ちをおかさずにすむ。

ネメシス・プロジェクトに関しては、被験体に使う者の個性を、完全に消去する方法を見つけることが最も重要だ。ふたつの実験が失敗に終わったのは、そのせいだ。アバーナシーの個性は、あまりに問題がありすぎた。アディソンという男にしても、どんな方法を使ったのか最後はプログラミングに打ち勝った。

セキュリティ部門が失ったコマンド・チームの隊長たちの代わりを見つけるのも、少し時間がかかりそうだ。隊員たちは問題ではない。ああいう傭兵《ようへい》は、世界中の軍隊、警察、刑務所を探せば、十把ひとからげ。彼らの替えはほぼ無尽蔵にある。

だが、オリベイラやワード、ワンのような男の代わりを見つけるのは難しい。彼らを失ったのは、残念なことだ。

しかし、その彼らもやがては代わりが見つかる。

人命は、つまるところ、安いものだ。

彼はC89に乗りこんだ。パイロットのモンゴメリーは、すでに離陸準備を終えていた。回転するローターの音とエンジン音に負けじと、ケインは大声を張りあげた。「離陸しろ！」

彼の後ろでは、銃声が聞こえていた。部下たちが、オリベイラと青いチューブトップの女を相手に撃ち合っているのだ。あの女は一体だれなのか？　ちらっと見たかぎりでは、射撃の腕は超一流だ。彼女とオリベイラ――この男の腕前はケインもよく知っていた――は、ケインが選んだ一〇人の男たちを相手に、まったく引けを取っていないばかりか、むしろ優勢なくらいだ。

その女が叫ぶのが聞こえた。「あいつが逃げるわ！」

いや、違う。彼はすでに逃げたのだ。彼は生き延びる。それがティモシー・ケインの最大の特技なのだ。彼は世の中が投げてくるあらゆることを生き延びてきた。アメリカに着いたばかりのドイツ移民の息子として高校に通わねばならない悪夢から、ペルシャ湾の戦いやこの数日のラクーンシティにおける危機まで。

しかも、生き延びただけではなく、繁栄した。

だからこそ、誰よりもすぐれているのだ。

ケインは貨物ベイに乗りこんでからすでに何秒もたつのに、ヘリが動いていないことに気づいた。

彼は怒ってコクピットに向かった。

「なぜ離陸しない？」

「どうすりゃいいのか、わかんないもんでね」

これはモンゴメリーの声ではなかった。

操縦席にいる男は、オリベイラとチューブトップの女の仲間、黒人のチンピラだ。そういえば、S.T.A.R.S.たちと一緒に銃器店にいたのもこの男だ。だが、一見して警官ではないことが明らかだから、ネメシスは殺さなかった。

それが戦術的な誤りだったことに、ケインは気づいた。

彼がグロックをつかむまもなく、黒人の男が顔を殴った。

ケインはくらっときて倒れた。

「こいつは小学校で覚えたんだよ」

周囲のものがぼやける。こんなふうに拳骨《げんこつ》で殴り倒されるのは、新兵の訓練以来初めてだ！

彼は立ち上がろうとしたが、手足が言うことを聞かなかった。モンゴメリーもすぐ横に倒れている……彼はぼんやりした意識でそう思った。

気がつくと黒人は彼の胸倉をつかんでいた。

「てて」

なんだと？

視界がはっきりした。

チューブトップの女が見えた。彼女が言った。「立て」今度はちゃんと聞こえた。だが、脚はまだ動かない。

すると女は彼をつかんで立たせ、貨物ベイに押しこんだ。ひやっとしたピストルの銃口が首の肉に食いこむ。

彼は二、三度瞬《まばた》きした。貨物ベイにはアシュフォードの娘が立っていた。よりによって、まるで命綱のように弁当箱を抱きしめている。オリベイラもそこにいた。胸にひどいケガをしたアバーナシーを支えている。

だが、あれは治る。精神力はともかくも、彼女の体力は驚異的だ。

ネメシスはどうなったのか？　彼はちらっとそう思った。

彼は交渉の余地はあると見た。これを生き延びることはまだできる。

「私が君に何ができるか、君には想像もつかんだろう。過ちをおかすな」

「だまりなさい」チューブトップの女が言った。

彼の後ろで黒人が言うのが聞こえた。「いますぐ飛びたて！　また俺のパンチを食らいたいのか、おい！」明らかに相手はモンゴメリーだ。

「君がほしいものは、なんでも手に入れてやる」ケインは言った。「なんでも――」

アバーナシーは氷のような青い目で彼を見た。

ティモシー〝エイブル〟ケインは、恐ろしい砂漠の戦争にも、まったく不安を感じなかった。何百回も死に直面したが、外地勤務のあいだ一度も怖いと思ったことはなかった。

だがその一〇年後、いまにも核ミサイルが飛んでくる街の中心で、ヘリの貨物ベイにいるたったひとりの、重傷を負った女と向かい合い、彼は震えあがった。

サダムの軍隊は、敵を殺したがっていた。しかし個人的な恨みはまったくなかった。彼らは自分の義務を果たしていただけだ。ケインが彼らを殺したように。

アリス・アバーナシーはケインがティモシー・ケインだから、彼を殺したがっている。

ケインは初めて、人命は少しも安くないことを知った。人命は尊い。

彼は自分の命を失いたくなかった。

「なあ、私をどうするつもりだ？」

アリスはオリベイラから離れ、彼のところに歩いてくると、さきほど女警官がしたようにシャツをつかんだ。

「何もしないわ」

それから彼女はケインを貨物ベイから外に放りだした。

ケインはひどい落ち方をしたが、そのケガは大したことはなかった。ヘリはまだ離陸していない。彼はこれよりもっとひどい窮地を切り抜けたこともある。

だが、C89はついに地面を離れはじめた。ケインは立ち上がろうとした――

――すると、何かが彼をつかんだ。

たとえ防弾の素材でも、そこにかかる力が一定限度をすぎれば、屈服する。アンブレラ社の新製品であるプラスティガラスのような良質のものでも、あまりに多くの弾が当たれば壊れる。

歩く屍体《したい》の進入を防ぐため広場を囲んでいたプラスティガラスは、レールガンの弾と、銃撃戦の銃弾を大量に受け、破壊されていた。

屍体がうねるように入ってくる。ヘリコプターが離陸し、広場にいるほかの人々が死んでいるとあっては、彼らの的はひとりだけ。

ケインだ。

彼は自分の脚をつかんだ屍体を撃った。その後ろの屍体も撃った。どちらも頭を狙ったから、即座に倒れ、動かなくなった。だが、彼の陥った状況は、まったく変わらなかった。何百という屍体が――なかには空中を漂うT・ウイルスで甦《よみがえ》った彼の部下も混じっていた。

まもなくケインは、助かる望みはまったくないことに気づいた。敵は数百人、彼はたったひとりだ。ここは砂漠ではない。助けてくれる仲間はいない。援軍も来ない。

彼はひとりだ。

まもなく死ぬことになる。

だが、まだ死に方を選ぶことはできる。

彼はグロックの銃口を頭に押しつけ――

引き金を引いた。

乾いたカチリという音がした。

弾切れだ。

大きな穴があいているチャールズ・アシュフォードの屍体が彼をつかみ、首を嚙《か》んだ。

ティモシー・ケインは悲鳴をあげた。

ほかの屍体が彼をつかみ、黒ずんだ歯で嚙みつき、肉を引きちぎる。

ケインはじわじわと弱りながら、自分の命がどれほど安くなったかを知った。

4

アリスはこれまで、人が死ぬのを見て嬉《うれ》しいと感じたことは一度もなかった。

だが、彼女は無数の屍体がケイン少佐に群がり、彼を生きたまま食らうのを見ながら、大きな喜びを感じた。

アンブレラ社は、ケインは、恐ろしい死に方をしている人間を見て楽しむことができる女に彼女を変えた。彼らがした仕打ちのうち、たぶんこれがいちばん悪いことだろう。

ヘリは離陸した。全員が死ぬまえに大急ぎでラクーンシティを離れる必要があることを、パイロットが納得したのだ。

アリスは力尽きて、そこに倒れた。

ネメシス——マット——がミサイルを撃ちこんだダークウイングが炎上し、ちぎれたローターが落ちてきた。その破片が胸に突き刺さっている。こうして生きているだけでも幸運だった。

いや、見方によっては不運だ。

マット自身はヘリの燃える残骸《ざんがい》の下に埋もれてしまったようだ。たとえまだ生きているとしても、助けだす時間はなかった。

まもなく核弾頭ミサイルが街に落ち、彼は死ぬ。

ミサイルは飛行機雲を残し、急速に街に近づいていく。

C89が見かけよりも速く飛んでいるといいが。

マットがこんな死に方をするのはひどすぎる。

たしかに、みんなの死がひどすぎる。でも、マットは正義を行なおうとしていたのだ。彼とリサは。まあ、リサは苦しまずに死んだ。そのあとT・ウイルスで生き返ったとはいえ、アリスは彼女を素早く殺してあげた。

殺してあげるだなんて、ひどい言い方。

でも、マットが望んだのは、人の命を何とも思わず、恐ろしい兵器を開発して利益をあげようとする会社の違法行為を、阻止することだけだ。

アリスは貨物ベイの奥へと這《は》っていきながら、吐きだすようにスペンスの名前を口にした。彼がもう一日だけ待ってくれれば、リサはマットにT・ウイルスの証拠を渡し、マットはそれをマスコミに漏らして、ひょっとするとハイブを閉鎖に追いこめたかもしれない。

そしてラクーンシティはゴーストタウンにはならなかった。

まったく、スペンスを二度、いいえ、三度でも四度でも殺せないのは、残念なことだ。

胸の傷からはまだ血がかなりでてくる。普通の人間ならすでに死んでいるところだ。新しい能力をもってしても、もうそれほど長くもつとは思えない。

彼女が顔を上げると、アンジーがヘリの座席のひとつから見ていた。

アリスはどうにか微笑を浮かべた。「ベルトをしなさい、ハニー」

アンジーは死ぬほどおびえていたが、どうにか持ちこたえている。アリスは自分にもそれだけの勇気があれば、と願った。

「元気になる？」アンジーは尋ねた。

「だめだと思うわ」

アリスには自分の鼓動が聞こえた。

しだいに弱くなっていく。

C89はラクーンシティを出たが、もっと離れなければ安心できない。

カルロスが叫んだ。「何かにつかまれ！」

それから、その音が聞こえた。

これまで聞いたどんな音より大きな爆発音が。

つづいてすさまじい熱が押し寄せた。

爆発の衝撃波を食らったC89が、制御を失い、ぐるぐる回りながら落ちはじめる。

彼女が知っていたラクーンシティは完全に死んだ。

いいえ、とうに死んでいたのよ。ケインが——あのバカが、あの間抜けが、あの能無し男が——ハイブを開けたときに。いまのミサイルは、亡骸《なきがら》を火葬にふしただけ。

バレンタインが叫んだ。「落ちるわ！」
ヘリコプターは空中を転がっていく。アリスは吐き気がした。
C89の一部がはがれ、アンジーに向かって落ちてくる。
このままでは、アンジーに突き刺さる。
「だめ！」
死にかけている体から力を掻《か》き集め、アリスは貨物ベイを横切って跳んだ——
——マットが彼女のためにしたように——
——自分の体でアンジーをかばった。
一〇分のあいだに二度も、アリスは鋭い金属に貫かれた。
この日の終わりにはぴったりのエンディングだ。

5

サム・アイザックスは、この仕事を憎む日もあった。

だが、今日はそういう日が懐かしく思えるほどひどい一日だ。

彼はハズマット・スーツを着て、同じくハズマット・スーツ姿の技術者たちを見守っていた。彼らはラクーンシティが破壊されたあとまもなく、アークレー山脈に落ちたアンブレラ社のヘリコプターの残骸を調べている。彼は今日、よい知らせを受けた。

ティモシー・ケインが死んだのだ。

もちろん、あの男が死んだという事実を心から喜んでいるわけではない。だが、少なくとも、彼はもうアイザックスにあれこれ指示をだすことはできない。あの男は誇大妄想を抱いているとんでもない間抜けだった。

それに科学の最も重要な要素をまったく理解していなかった。制御された実験の重要性を。

そればかりではない。彼はきわめて良好に管理されていたハイブから、T・ウイルスが漏れることを阻止できなかった。そしてこの悪夢のあとの戦場と化したラクーンシティを、ネメシス・プログラムをテストする場所として使うことにした。

アイザックスはそれを考えるだけではらわたが煮えくり返った。ネメシスは何年も低迷していた。それがようやく大躍進を遂げたというのに。アバーナシーとアディソンは完璧《かんぺき》な被験体だった。アディソンの体は、まるでアヒルが泳ぐようにすんなりと突然変異を受け入れた。アバーナシーはそれよりももっと進んでいた。

だが、ケインはアイザックスに実験を続けさせてくれたか？　このふたりをさらに改良させてくれたか？

いいや。彼はふたりを街に放ち、愚かしくもたがいに戦うようにけしかけた。

おかげでふたりとも死に、アイザックスは再び一からやり直さねばならない。

まあ、現時点では、このプロジェクトは会社の最優先事項ではない。おそらくアンブレラ社は、この後始末に相当てこずることになるだろう。アイザックスは会社がどうやってこれを言い抜けるつもりか見当もつかなかった。ひとつの街をそっくり吹き飛ばすのは、絨毯《じゅうたん》の下に無造作に突っこめるような悪戯《いたずら》とはわけが違う。だが、それはアイザックスが頭を悩ませる必要のない問題だった。

彼にわかっているのは、ヘリのパイロットだったイアン・モンゴメリーが死ぬまえに入れてきた最後の報告だけだった。ケインが死に、このヘリが街から飛び立ったとき、アバーナシーはこれに乗っていたのだ。なんでもいい、何か回収できるものがあるとすれば、今後の実験のためにそれが必要だ。

技術者のひとりが残骸《ざんがい》のひとつを動かした。その下から、アバーナシーの体がでてきた。完全な状態で。

まあ、一〇〇パーセント完全ではない。胸部に大きな金属の破片が突き刺さっている。だが、それを取り除くのは簡単だ。それに彼女の遺体を調べるだけでも、途方もなく役に立つ。

「医者を呼んできたまえ」彼は技術者のひとりに命じた。

「博士？　でも、死んでいますよ」

「いいから、言うとおりにするんだ」愚かな技術者の相手をしている暇はない！「ほかにも誰か見つかったかね？」

べつの技術者が首を振った。「いいえ、博士。操縦席には焼死体があります。おそらくモンゴメリーでしょう。でも、ほかには死体はひとつもありません。オリベイラとふたりの民間人とアシュフォードの娘は、生きて脱出したようです」

アイザックスは首を振った。

「信じられんな。遺伝子工学で肉体を強化された人間が助からなかったのに、普通の人間と子供が助かった、だと？」

技術者は肩をすくめた。「奇妙な世の中ですからね」

「ずいぶん控え目な言葉だが、そのとおりだな」アイザックスはため息をついた。「調査を続けてくれ。万一のためだ」

「はい、博士」

アイザックスは医者のチームがアバーナシーの体を残骸から引きだすのを見守った。


ジル・バレンタインは眺望の利く山のてっぺんから残骸を見下ろした。

彼女とカルロスとアンジーとL・Jは、何時間もかけてこの山を登り、墜落したヘリからできるだけ遠ざかった。

これは皮肉なことだった。ジルにとっては、すべてがこの森の、ここからさほど遠くないところからはじまったのだ。そこでゾンビを見たときから。

そして今またアークレーに戻ってきた。彼女が生まれ育った街、それを守り、それに奉仕すると宣誓した街は滅びた。

アンジー・アシュフォードを肩にのせ、カルロスが言った。「俺たちを捜しに来るぞ」

ジルはジャケットのポケットに手を入れた。

「大きな間違いよ」

このまえとは違って、ジルには証拠がある。

彼らはこれを絨毯の下に突っこむことはできない。

「よお、俺たちはここを離れるのか?」L・Jが尋ねた。

ジルは彼を見た。ペイトンは生き延びられなかったのに、このクソったれは、どうやって生き延びたのか？　そう思わずにはいられなかった。L・Jはゴキブリだ。

でもまあ、ゴキブリはしぶとく生き延びる。

「ええ、進みつづけないと。それに、代弁をしてもらう必要がある死んだ人たちがたくさんいる。ペイトン、アンジーのお父さん、ヘンダーソン署長、モラレスもよ」

「ユーリもだ」カルロスが静かに付け加えた。「ニコライ、J・P、ジャック、サム、ジェシカ」

「ラションダもだな」L・Jが言った。「ドウェインも」

「アリスもよ。ネメシスだってそう」

それまで黙っていたアンジーが口をはさんだ。「アリスは死んでないわ」

ジルとL・Jは驚いてカルロスの肩に座っている彼女を見上げた。「なんですって？」

「アリスは死んでないわ」

「ハニー、アリスは胸を突き刺されたのよ。とても──」

「ええ、わかってる」アンジーは声を強めた。「でも、彼女は生きてる。あたしにはわかるの」

ジルはぶるっと体を震わせた。アリスはアンブレラ社にあまりにもひどい目に遭わされたおかげで、静かに死ぬこともできないのだ。

だが、もしも生きているとすれば、彼女はまだＣ８９の残骸のなかに埋まっている。
そうなると、アンブレラ社が彼女を見つけることになる。

6

〝……ラクーンシティの大惨事に関する未確認の報告書が……〟

〝……実にショッキングな光景です。死んだ人々が通りを歩いている……〟

〝……謎の疫病か、もしくは大発生した未知のウイルスが荒れ狂い……〟

〝中央アジアとカナダで発生したSARSのように、なんらかの病があっという間に街じゅうに広がったようです……〟

〝……アンブレラ・コーポレーションは、烏門橋《レイヴンズ・ゲート・ブリッジ》を渡って街から避難しようとした、罪もない市民の死に関与している疑いが濃厚です。警察のような政府組織ではなく、なぜアンブレラ社が街を逃げだそうとする市民の検査を行なっていたのか、なぜ彼らが市民に発砲したのかは不明です。ガードマンたちが武装していたことを疑問視する人々もいれば、そうした質問は続いて起こった出来事に比べれば些《さ》細《さい》なことだと感じる人々もいます……〟

〝……明らかに、もと〈ラクーン7〉のアンカーウーマンだったテリ・モラレスが記録したテープです。モラレスは数カ月まえにこの局の天気予報に担当が替わったばかりでした。このビデオテープに収められた光景は実に陰惨をきわめ……〟

〃……初期の報告はたちの悪い冗談だとする新しい証拠が……〃
〃……ビデオテープの信憑《しんぴょう》性は、完全に覆されました。これを撮影した女性、テリ・モラレスが〈ラクーン7〉のアンカーから降ろされたのは、ある市会議員に関する偽テープを放送したためでした。どうやら彼女はまたしても、同じ手口をつかい……〃
〃……ラクーンシティで実際に起こった悲劇をネタに、悪質な悪ふざけを……〃
〃……原子力発電所の反応炉が早朝、危機的な状況に陥り……〃
〃……発電所の事故としては、一九八六年のチェルノブイリ以来の恐ろしい……〃
〃……会社自体が何百人という職員を失っている事実にもかかわらず、アンブレラ・コーポレーションの職員は、多数の人命を奪った圧倒的な悲劇に直面し、人道的な協力を申しでたのです。ラクーンシティ内にあったアンブレラ社の本社は失われ、一〇〇〇人近くの職員が……〃
〃……知事は、FBI、州軍、疾病管理センターに協力したアンブレラ・コーポレーションの迅速な行動に、個人的に感謝の意を表明しました……〃
〃……本局は、ウイルスの発生という初期の偽りの報告が引き起こした心痛に対し、謝罪します……〃
〃……アンブレラ・コーポレーションのスポークスマンによれば、テリ・モラレスはこの事故が起こった当時ラクーンシティにいました。この悪質なデマをでっちあげた犯人、ジル・バレンタインとカルロス・オリベイラは、現在FBIが尋問のため捜索中です。バレンタインはもとラクーンシティ警察の警官で、実際、停職処分を受けるまではエリート組織S.T.A.R.S.の隊員でした。この停職に関する詳細はわかっておりませんが、情報筋によれば、似たようなデマを広めたためであるようです。オリベイラに関しては、彼はもとアンブレラ社の職員で、この事故が起こる少しまえに解雇されました。オリベイラは森のキャビンにいるところを見られたのを最後に、行方をたっています。彼がアンブレラ社に恨みを抱き、何にも知らないモラレスを仲間に引き入れて、バレンタインとともに会社の信用を落とそうとしたとも考えられます……〃

7

目を覚ますと、彼女は裸だった。以前も同じようなことがあったという気がした。だが、それが、いつ、どのように、なぜ起こったのかは思い出せない。

自分が何者かも。

チューブに入っていることだけはわかった。それに体が濡《ぬ》れている。

顔に何かがかぶさっている。それが何にせよ、水中で息ができるのはそのおかげだろう。

体には様々な管がついている。食事をとる代わりだろうか？

彼女が入っている垂直のチューブは、研究室のようなところにあった。

男と女が話している。研究室にいる数十人の人々のうち、話している内容がわかるのはこのふたりの会話だけだ。ふたりとも見覚えはなかったが、知っているべきだという気がした。ふたりとも白衣を着ている。

彼女には理解できなかった。どうしていろいろなことがわかっているのに――研究室がこういう外見だとか――それ以上のこと、たとえば自分の名前は思い出せないのか？

女が男に言った。「彼女は、システムからほとんど栄養をとっていませんわ。再生はほぼ自発的のようです。まるで空気からエネルギーを得ているみたいに」

これがどういう意味なのか、まったくわからなかった。わかったのは、〝空気〟という部分だけだ。彼女は水に囲まれているにちがいない、だから空気をとることはできない。

男が彼女を見た。「聞こえるかね？　私が言っていることがわかるか？」

口についているものは呼吸をさせてくれるが、話はさせてくれない。だがこの質問には、うなずくだけで間に合う。彼女はうなずいた。

「よかった」男は研究室のほかの人々に向き直った。「浄化プロセスを始めろ」

奇妙な音が聴こえた。まもなく水が頭まで、それから首、胸、と下がっていき、彼女は数秒で水の外にでた。熱い空気が数秒間吹きつけた。それからチューブが開き、研究室にいる人々のひとりが、管や彼女の口についているものをはずした。

彼女は自由に歩ける状態になった。部屋を歩き、見て、音を聴き、ものにふれた——様々な色の家具や服、いろいろな機械のうなる音、裸足《はだし》の足がひんやりした床の感触を伝えてくる。

「目覚しい回復力だ」白衣を着たひとりが話していた——おそらく彼女のことだろう。「臓器や細胞の再生は、信じられないほどですね。桁違《けたちが》いです。この力、肉体の力および精神力は、幾何級数的に発達しているようです。望んでいたよりもずっと素晴らしい結果ですよ」

白衣を着て座っているひとり——いましゃべっていたのとは違う者——が、紙切れに棒のようなものをつけた。

白衣を着たべつの男——どうやらここの監督——が尋ねた。「これが何かわかるかね？」

彼女はじっと見つめた——まったくわからない。

監督者はべつの男からそれを取り、彼の動作を真似た。「ペンだ。わかるかい？」

彼は彼女の腕を取り、その棒——ペン——を彼女の手の中にいれ、紙の上に持っていった。

「ペン」彼がくり返した。

監督者が手を離すと、彼女は自分でそれを使いだした。ちゃんと使えなかった——それがなんだか発見したばかりだったが、自分の使い方がばかげて見えるのはわかった。

実際、ひどく愚かだ。彼女は微笑んだ。

「そう」監督している男が言った。「ペンだ」

チューブから出されてから初めて、彼女は話そうとした。「ど——」

耳障りな声だ。彼女は言い直した。

「どこ——」

監督者が促した。「どこにいるかって？」

彼女はうなずいた。

「きみは安全だ。何か覚えているかい？　名前を覚えている？」

なんだったかしら？

「きみの名前を?」監督者がもう一度言った。

「名前?」彼女が尋ねた。

「そうだ」

「私の――名前は……」

頭の後ろで何かが光った。自分の名前はもちろんわかる。それには確信があったが、浮かんでこない。

彼女はため息をついた。

監督者がほかの者たちのほうを見た。「二四時間監視するんだ。血液検査と化学および電解液分析を、今日の終わりまでに終わらせたまえ」

それから、突然、彼女は思い出した。

〝あなたの身の上話は? どこもそうだけど、ここにはもと警察官がうじゃうじゃいるわ。そしてそのひとりひとりに身の上話がある〟

〝本を表紙で判断するな。セキュリティ部門の最初のルールよ〟

〝気にかかることを無視しなかったおかげで、私はいまの地位についた。だから、それとなくあなたに目をつけていたのよ。するとあることに気がついた〟

〝あなたとアル=ラシャンが同僚で友人だったことがわかると、すべてがしっくりきたわ。六年まえは拒否した引越しをしてまで、友人の死に責任がある企業で働きはじめる。ええ、このすべてにもっともな説明がつくんでしょうね——でも、自分の受け持ちでもないものを、あれほど懸命に見たがる理由は説明できないわ。信じないかもしれないけど、これは老化を遅らせるものを探す研究から生まれたのよ——肌の細胞が老化するのを防ぐクリームからね"

"T・ウイルスというの。そう、自然のものではないわ。

"私がウイルスを手に入れるわ。機密コードも監視システムもすべて知っているから"

"いいこと。あなたたちが誰だか話してちょうだい。ここで何が起こっているのか"

"カプラン、急いで、彼らを助けて！"

"なんてこと、カプラン。あそこで何かが彼らを殺してるわ！"

"警官じゃないわね、そうでしょう？"

"あのぶっそうな女が、ここを抜け出す唯一の手段かもしれない"

"レイン？　レイン！"

"カプラン——がんばって！　あなたを迎えに行くから。このワイヤを切る必要があるの。

"それを彼にぶつけてやる。そうすればやっつけられるわ。がんばって！"

"ウイルスは青、ワクチンは緑。治療薬はあるのよ"

"私があなたの妹さんのコンタクトだったのよ"

"私の夢すべてがかなうって、このことだったの？"

〝私たちのあいだに何があったかわからないけれど、もう終わりね〟

〝ワクチンはプラットホームの上にあるわ――そこよ！〟

〝レイン、お願い、立ち上がって〟

〝もう寂しくなりはじめてるわ〟

〝ねえ――ほかの誰も死なない〟

〝あなたにキスもできるのよ、このバカ女〟

〝私は救えなかった。ひとりも……救えなかった〟

〝感染したのね。でも、大丈夫――私がなんとかするわ〟

〝アリスよ。ここは安全とは言えないわ。そのうちあの火が燃え広がる〟

〝あれは群れで狩りをするの。ほかにもいるとしたら、とっくに見かけているわ〟

〝あの会社で働いていたことがあるからよ。それが間違いだとわかるまえに〟

〝いいこと、一時間か二時間後には、あなたは死んでいるわ。それから何分もしないうちに、彼らのひとりになる。自分の友人を危険にさらし、彼らを殺そうとする――そして、ひょっとすると成功する。残念だけど、必ずそうなるの〟

〝アンブレラ社よ。ここで起こったことが外部にもれないように〟

〝彼らは私に何かしたの？〟

〝娘のアンジェラが街のなかにいる。アンジェラを見つけてくれれば、ここを脱出する手助けをする、と言ったわ〟

〝救出は来ないわ。アシュフォードによれば、アンブレラ社はT・ウイルスの感染を封じこむことはできないと判断したの。彼らは日の出を待って、ラクーンシティを完全に浄化するのよ〟

〝彼は死んだわ。あなたもそうなるか、それとも、私の言うとおりにするかよ〟

〝この子は感染してるわ。大量のT・ウイルスに〟

〝彼らは私も怪物のひとりにしたの〟

〝私はアリス・アバーナシーです。アンブレラ・コーポレーションで働いていました〟

〝私は地獄を覗《のぞ》きのぞきました。とても言葉では説明できないものを見ました〟

〝私は怪物になったのよ〟

「博士！」

そう言ったのは、技術者のひとりだった。彼の名前も思いだした。コールだ。おそらく脳波計の何かに気づいて、責任者に報告しようとしているのだ。

ドクター・サミュエル・アイザックスに。

ティモシー・ケイン少佐の指示のもと、アンブレラ・コーポレーションの利益のために彼女とマット・アディソンを被験体にした男だ。

だが、アイザックスはコールにもアリスにも注意を払っていなかった。

「最新反射テストも最優先だ。電気インパルスも監視し、彼女の――」

「博士！」今度もコールだった。

アイザックスは苛立《いらだ》たしげに言った。「一体なんだね？」

アリスは彼に答える暇を与えなかった。

「私の名前はアリス。何もかも思いだしたわ」

アイザックスは青ざめた。彼はドアのところに立っている見張りに合図した。ドイルという若者だ。

だが、まだ彼が銃を抜くこともできずにいるうちに、アリスはまだ手にしているペンでドイルの目を狙って、彼に飛びかかった。

ショックで凍りついたドイルは、角膜の数ミリ手前でアリスが手を止めたにもかかわらず、まったく動けなかった。目を突けば、彼を殺すことになる。アリスは与えられた仕事を果たしているだけの若者を殺すつもりはまったくなかった。それに、彼の妻にはもうすぐ赤ん坊が生まれることになっている。彼女がかわいそうだ。

そこで、彼女は彼を殴り倒した。

ふたりの看護師がどこからともなく現われ、彼女を押さえつけようとした。

彼女は、二秒半で彼らをおとなしくさせた。

それから、アイザックスの腕をつかんだ。

彼のことは殺したかった。だが、それは公平ではない——死んでしまえば、彼女にした仕打ちを償うことができなくなる。

そこで彼女は彼の腕を折り、しばらく痛みを味わわせた。彼とケインの手で苦しめられた彼女の苦しみを、少しは思い知るといい。

ついで自分が入っていたタンクに、頭から彼を投げこんだ。

誰かが撃ったテーザーの矢がむきだしの肉に刺さり、何千ボルトもの電流がアリスの体を流れた。

くすぐったくて、彼女は笑った。

彼らは彼女を強くしすぎたのだ。だから、彼らにはもう彼女を止めることはできない。

テーザーの矢を引き抜き、彼女はそれを撃った男に投げ返した。

彼は笑わなかった。くすぐったそうな顔もせず、意識を失って倒れた。

ほかの技術者、看護師、科学者たちが、研究室を逃げていく。

賢いこと。

廊下では、ディーランバッハという見張りが、彼女を監視カメラで見つめ、電話に怒鳴っている。なぜだかアリスには、それがわかった。

「こちらセントラル、大急ぎで援軍を要請する。できるだけ大勢頼む。ネメシス被験体が暴れている——繰り返す、ネメシス被験——」

アリスは彼に話すのをやめてほしかった。

するとはは話すのをやめた。何かが頭を切り裂き、彼は苦悶《くもん》の悲鳴をあげながら、鼻血をだして倒れた。

誰の攻撃も受けずに、アリスは研究室を出て、建物の正面入口に歩いていった。ここはサンフランシスコにあるアンブレラの本社だった。ラクーンシティの災害のあと、彼らはここにオフィスを移したのだ。

彼女は、また、外の駐車場で友人たちが自分を待っているのもわかっていた。そのうちのひとりの存在を感じたから。

アンジー・アシュフォード。

アンジーはいままではお尋ね者のカルロスとジルと一緒に、危険をおかしてここにやってきたのだ。アリスが今日ここに来るとわかっていたからだ。

SUVは彼女が予想したとおりの場所に停まっていた。カルロスが運転席に、ジルとアンジーは後部座席にいた。

「どこにいたの?」ジルがにやにや笑った。「ひと晩中待ってたのよ」

「ここに来るなんて、ずいぶん大きな危険をおかしたのね」アリスはそう言いながら、助手席に座った。

「おれたちは危険な人生が好きなのさ」カルロスが応じた。「きみがここに来るとアンジーが言うんでね。その危険をおかす価値があると思ったんだ」

「もちろん」ジルが付け加えた。「あんたがラクーンシティでやってみせたすごい魔術が、まだできれば、だけど」

「もっとできるわ」アリスが静かに言った。

アンブレラ社は、ラクーンシティの惨事をなんとか隠匿できれば、あの一件はそれで終わりだと思っている。

でも、それは間違いだ。

はるか昔、アリスはリサ・ブロワードに近づき、アンブレラ社が社会的な信用を失い、人道にもとる違法な活動を認めざるをえなくなることを願って、T・ウイルスの存在を公表するようもちかけた。

そのリサが死に、ラクーンシティは破壊されたというのに、アンブレラ社は世界の人々に寛容な企業だと思われ、機嫌よく金儲《かねもう》けを続けている。

だが、この状態は必ず変えてみせる。

それも、アンブレラ社とその科学者たちが彼女にくれた力を使って。

彼らの悪夢ははじまったばかりだ。

続く

解説

雷電　杉山

この本を手に取っている方の多くがご存じだとは思うが、映画『バイオハザードII　アポカリプス』は、世界中で大ヒットを記録した同名TVゲーム（海外タイトルは『Resident Evil』）の映画化の続編である。

前作が製作された当時、監督・脚本のポール・W・S・アンダーソンは「これはゲームの前日譚《たん》なんだ」と語った。それはゲームのストーリーと直接関わる部分の殆《ほとん》どない、外伝とも取れる物語であった。共通するキャラクターは〈舐《リ》める《ッカ》もの《ー》〉と呼ばれるクリーチャーと数多《あまた》現れるゾンビのみで、いわゆるゲームの登場人物は、一切登場しなかったのである。アンダーソンはゲームの設定を巧みに換骨奪胎し、ハイテク研究所を舞台とした全く新しいアクション・ホラーを作り上げたのだ。だがそれゆえに、ゲームのファンたちは「あれれ？」と戸惑ってしまった。それは彼らが想像していたもの――オドロオドロシイ洋館を舞台にした、サバイバル・ホラーではなかったからだ。映画としては満足しても、ゲームの映画化としては満足できなかったのである。

本作の物語は、前作のクライマックスの裏面（このあたりも、ゲームの〝ザッピング・システム〟的だ）――つまり、アリスらがハイブの中で〈舐める者《リッカー》〉と激闘を繰り広げていたのと同じ頃、ハイブの外でアンブレラ社が何をしていたのか、そしてアリスが病院で眠っていた間に、ラクーンシティでは何が起こっていたのか――から始まる。

主人公は前作同様アリスであるが、彼女がラクーンシティで出逢《であ》い、共闘することになるのは、アンブレラの陰謀を暴こうとする元S.T.A.R.S.隊員ジル・バレンタインやカルロス・オリベイラ。そして彼らを追い詰めるのは〈追跡者《ネメシス》〉。そう、ゲームのキャラクターたちである。彼らは、ゲームで持っていた過去や性格付けを、一部はそのままに、また一部は大胆なアレンジを加えて、映画版の中に持ち込んできたのだ。ここから映画は、ゲーム世界と薄皮一枚で隔てられたパラレルワールドとして動き始めるのだ。そして、本作が物語られたことによって、前作は前日譚と言うよりもゲーム版の「1」と「3」の間の話（時系列的には、ゲームの「2」は「3」の途中での物語になる。ややこしい！）として位置付けられ、〝バイオハザード・ザ・ムービー・ワールド〟の序章に過ぎなかったことが判明する。

一昔前のゲームの映画化は、『スーパーマリオ／魔界帝国の女神』や『ストリートファイター』に代表されるような、「キャラクターに良く似た役者を出しときゃいいだろう」程度の表層的なものでしかなかった。それゆえに、映画ファンだけでなくゲームファンからも見放され、興行的にも批評的にも惨敗を喫した。だが、『トゥームレイダー』や『バイオハザード』は違った。ゲームの根幹部分をきちんと消化して、原作をそっくりなぞるのでも、タイトルだけを借りて全く違うものにしてしまうのでもなく、原作にぴったりと寄り添って新たな作品を創造する次元に踏み込んだのである。そしてこれらの大ヒットにより、今ハリウッドではゲームが最もホットなネタになっている。現在、映画化の進行している作品だけでも、『デビル メイ クライ』、『鬼武者』、『デッド・オア・アライブ』、『サイレント・ヒル』、『クレイジー・タクシー』、『メトロイド』等々、枚挙に暇《いとま》がない。

今なぜ、そんなに日本製ゲームの映画化がもてはやされるのだろう？　それは海外製のゲームに比べ、日本ではストーリー性を重視してゲームが作られてきたからにほかならない。海外では元々、スポーツやレースなどのゲーム・ジャンルが好まれていた。それに対して日本では、RPGやアドベンチャーなどが人気のジャンルである。そして、ゲーム機の進化と共にゲームは映像的な表現力を増し、さながら映画かと見まごうばかりのゲームが数多く作られるようになった。ベースとなる物語や設定が、既に緻密《ちみつ》に作られていて、かつ人気のあるコンテンツ。これにハリウッドが目をつけない訳がない。

さて、その映画とゲームの新たな融合を為《な》し遂げた張本人、前作の監督であるポール・W・S・アンダーソンは、本作では脚本のみに退き、監督はアレクサンダー・ウィットにバトンタッチしている。本作がデビュー作となる新人監督だが、これまでリドリー・スコット監督作品や『パイレーツ・オブ・カリビアン／呪われた海賊たち』など、数多くのアクション映画やVFX映画で第2班監督を務めている新鋭だけに、アクション・ホラーをどう料理するのかが楽しみである。

主演のアリスを演じるのは、ミラ・ジョヴォヴィッチ。前作の真っ赤なドレス姿とはうって変わって、今回は二挺拳銃《にちょうけんじゅう》にショットガンを背負っての、完全な戦闘モードでの登場だ。そのミラ曰《いわ》く、「彼女は本当に凄《すご》い。衣裳《いしょう》や髪型だけでなく、銃の撃ち方までゲームのジルと同じなの！」と絶賛するのが、ジル・バレンタインを演じるシエンナ・ギロリー。きっとファンも納得の〝リアル・ジル〟に会うことができるだろう。

なお、本家のゲーム版は九六年に第一作が発売されて以来、続編の「2」と「3」（これが本作の物語のベースとなっている）、外伝的な「コード：ベロニカ」、前日譚を描いた「0」、ガン・シューティングの「ガンサバイバー」と「同2」、オンライン対応の「アウトブレイク」と、様々なプラットホームで発売されており、今冬にはゲーム・システムを大幅変更した「4」が発売されることになっている。

映画のシリーズ化とゲームがどのように絡みあい、そして広がっていくのか。『バイオハザード』の世界からは、当分目が離せそうにない。

（ライター）

「エレミヤ書」の翻訳にあたり、『舊新約聖書―文語訳』（日本聖書協会刊）を参考にさせていただきました。

バイオハザードII　アポカリプス

キース・R・A・デカンディード

富永《とみなが》和子《かずこ》=訳

角川ホラー文庫　H519-1　13481

平成16年8月25日　初版発行

発行者――田口惠司

発行所――株式会社角川書店

東京都千代田区富士見2-13-3

電話/編集(03)3238-8555

営業(03)3238-8521

〒102-8177　振替00130-9-195208

印刷所――旭印刷　製本所――コオトブックライン

装幀者――田島照久

Printed in Japan

定価はカバーに明記してあります。

ISBN4-04-294301-2　C0197

角川文庫発刊に際して

角　川　源　義

第二次世界大戦の敗北は、軍事力の敗北であった以上に、私たちの若い文化力の敗退であった。私たちの文化が戦争に対して如何に無力であり、単なるあだ花に過ぎなかったかを、私たちは身を以て体験し痛感した。西洋近代文化の摂取にとって、明治以後八十年の歳月は決して短かすぎたとは言えない。にもかかわらず、近代文化の伝統を確立し、自由な批判と柔軟な良識に富む文化層として自らを形成することに私たちは失敗して来た。そしてこれは、各層への文化の普及滲透を任務とする出版人の責任でもあった。

一九四五年以来、私たちは再び振出しに戻り、第一歩から踏み出すことを余儀なくされた。これは大きな不幸ではあるが、反面、これまでの混沌・未熟・歪曲の中にあった我が国の文化に秩序と確たる基礎を齎らすためには絶好の機会でもある。角川書店は、このような祖国の文化的危機にあたり、微力をも顧みず再建の礎石たるべき抱負と決意とをもって出発したが、ここに創立以来の念願を果すべく角川文庫を発刊する。これまで刊行されたあらゆる全集叢書文庫類の長所と短所とを検討し、古今東西の不朽の典籍を、良心的編集のもとに、廉価に、そして書架にふさわしい美本として、多くのひとびとに提供しようとする。しかし私たちは徒らに百科全書的な知識のジレッタントを作ることを目的とせず、あくまで祖国の文化に秩序と再建への道を示し、この文庫を角川書店の栄ある事業として、今後永久に継続発展せしめ、学芸と教養との殿堂として大成せんことを期したい。多くの読書子の愛情ある忠言と支持とによって、この希望と抱負とを完遂せしめられんことを願う。

一九四九年五月三日

バイオハザード

ポール・W・S・アンダーソン＝脚本
牧野 修

謎の企業アンブレラ・コーポレーションの地下研究所で、開発中のウィルスが漏洩。特殊部隊と共に地下に乗り込んだアリスを持ち受けていたのは生ける屍と巨大な陰謀だった。大人気ゲームの映画化を完全ノベライズ。

ケイゾク／シーズン壱 完全版

西荻弓絵

迷宮入り事件を扱う警視庁捜査一課弐係。IQ199の東大卒の警部補・柴田純は研修生として配属になった。彼女と弐係の個性派ぞろいのメンバーが、風化した難事件の真相に挑む。『野々村光太郎弐係の最悪な日々 谷シャンテ〜ね』収録。

ハグルマ

北野勇作

男がテストプレイを頼まれたリアルなゲーム。のめり込んでいくにつれ現実との境目が曖昧《いとこ》になっていくのだった。一方妻は怪しげな会合に参加するようになり、やがて何かが徐々に狂い始めていく。すべての鍵「ハグルマ」とは!?